この道をどこまでも行くんだ

JN104010

椎名 誠

角川文庫
23364

目次

雲と命

踊る

美しい女性のまつり

ひところ、規模の大小は問わず、ちょっと変わったおまつりをテーマに日本全国を取材して歩いていたことがある。雑誌の連載だったのだが、冬場になると困った。日本はおまつり国家であり、これは全国あちこちに散らばる神仏や地域ごとに異なる信仰が関係しているのだろうと思うが、「夏まつり」というコトバに代表されるように夏場はとりわけおまつり列島となる。全国の祭礼情報などをしらべると本当に夏はよりどりみどりで、祭礼の名称を聞いただけでは何を奉っているのかわからないようなものがずらずら並んでいる。だから取材するほうとしてもそういう祭礼黄金季節であるからこそ、あまり人に知られていない面白まつりを見て歩いた。

その逆に、冬場になると日本全国を見渡しても、一月には一年で一番大きなおまつりみたいなお正月があるからだろう、ちらりほらりとしかまつりは見つからない。

何人かで取材していたのだが、その中の一人が「これです、これです」と言って教えてくれたのは真冬のど真ん中、毎年一月八日に岩手県八幡平《はちまんたい》で行われている雪の中のまつりだった。たしかに地域的に見て、そのあたりは冬場は雪だらけだろう。その雪にどんと来い、と立ち向かって、裸になってわっしょいわっしょい攻めていくようなまつりは冬のまつりのストライクゾーンを行くものだ。

まつりはどういうわけか男がふんどしひとつの裸になりたがる。そうしてみんなで冷たい田んぼに入って泥だらけになったり、神社の社殿の天井のほうにまつられている何か象徴的な祝いの飾りものなどを奪い取るなどというのがやたらに多い。うーん、そうか、また大勢のおとっつぁんのふんどし姿を見るのか、と思いながら少々ぐったりしつつよく情報を聞くと、なんとこの祭りは女が主役で、しかも名称は「平笠《ひらかさ》裸参り」というではないか。意外と意外の二重どんでん返し。八幡平の雪原を裸の女が行列を作って五穀豊穣《ごこくほうじょう》、商売繁盛を祈願して練り歩くのだろうか。

その当時の我々取材班は四人。写真を多く撮る贅沢《ぜいたく》な取材陣容だった。取材となると事前に現地に行き、予備知識をいろいろ入れていくのだが、聞くべきポイントを間違えたのかこちらがいろいろ説明しても、名称はおろか内容を知る人はほとんどいない。雪の日に裸の女の人が何十人も行列を作って神社まで行進していくんですよ、と我々は一方的にコーフンしながら説明した。「へぇ、この雪の中を女の人が裸でねぇ」と地元の人がかえって身を乗り出すというあべこべの現象になってしまった。

さて当日、朝から八幡平周辺は見事に晴れあがって青い空が広がり、大地は厚い雪で覆われている。現場に行ってみると裸の女性など一人もおらず、むしろ明らかに厚着をした白装束の女性がたくさんいた。白いハチマキをし、悪鬼が口から侵入しないようにそれぞれが口紙をくわえ、幟《のぼり》を持ってしずしずと行進する美しくも厳《おごそ》かな粛々たる祭礼であった。

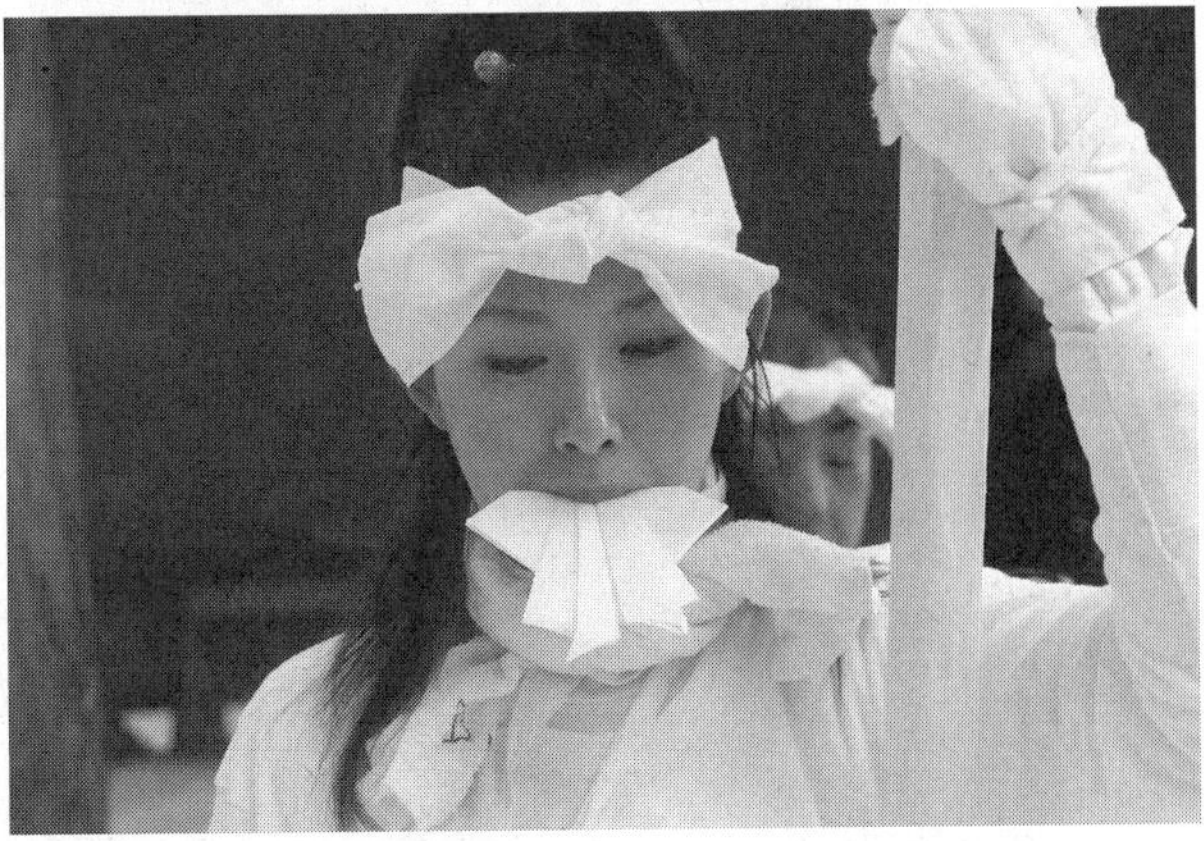

白いハチマキをし悪鬼が口から侵入しないように口紙を
くわえた女性が数十人集まって静かに雪の中を行進する。
静かなのは口紙のために誰も喋れないからかな？

西馬音内盆踊り

盆踊りは死者の霊をお迎えする儀式だということをものの本で読んだことがある。それらを意識するのは、主に地方の伝統行事といってもいい有名かつ「しつらえ」の巨大なものが多い。

夏のお盆の前後に町内会とか商店街などが主催する手作り感あふれる盆踊りが、今の都会に住む子供たちにとってはなじみあるものだろうか。

ぼくも子供の頃から現在にいたるまで中央線沿線で暮らしてきたので、そうした町の小さな盆踊りしか見てこなかった。夏の盛りに町内のどこかしらから聞こえてくる盆踊りの曲や、なかなかその曲のリズムに合わない太鼓の音などを聞いているのもいいものだ。しかし、この「盆踊り」というものは日本独特の成長をとげたもので、日本の文化を知るうえではもっと伝統ある有名な盆踊りを一度は見たいという気になった。

北の果てでは西馬音内《にしもない》盆踊りがあって、これは見方によると奇祭ともいわれている。そのいわれの元になっているのが彦三頭巾《ひこさずきん》といって、顔の前に目だけくりぬいた手ぬぐいぐらいの長さの布をかけ、目しか出していないという装束である。

なかなか大したもので、夜になると電気を使う灯《あか》りは全て消し、町にはかがり火が焚《た》かれる。渋いじいちゃんの伝統的なお囃子《はやし》と唄《うた》が魅力的だ。十一時を過ぎると子供はみんな帰される。理由を聞いたらそのくらいの時間から急に卑猥《ひわい》な内容の音曲になるからという。取材チームの我々はその時間を楽しみに待った。やがて十一時を過ぎると、本当に子供は強引に帰された。やれやれ待った甲斐《かい》があったと思いつつ、第二部のわびさびの効いた唄に耳を澄ましたが、方言がめちゃくちゃ強くて、我々には何を言っているのかさっぱりわからない、という逆転技をくらった。

踊り子たちは夜更けに向かってさらに勢いづき、深編《ふかあ》み笠《がさ》と彦三頭巾のいくつもの輪ができる。これは後でその関連の本を読んで知った話だが、男でも女でも顔を隠しても、女性か男性かは腰つきでわかるらしい。そして女は平たい帯を結ぶのがしきたりで、それにも深い意味があって、なるほどなあとうなったものだ。

その昔はかがり火のほの明りの中、顔を隠した若い男女が踊りながら見つめ合い、それまで飲んでいた酒の酔いや、ますます枯れて意味ありげな音曲によって身も心もぐらぐらになって、そのうち一組、二組と祭りの喧騒《けんそう》から離れ、そこらの野原や林の中の暗がりに入っていったのだという。

そのときに娘らは着物を着ていても草の上に仰向《あおむ》けに寝転がり、ごくごく自然に男女のよしなしごとが始まっていく。音曲の意味は土地の者にはよくわかり、優雅な一夜の恋か果てしのない恋かはわからないが、二人の祭りの花が咲くのである。

でも今はその踊りをする周辺はたくさんの家が立ち並んでいて、すでに野原も林もないという無粋なしつらえになってしまった——という悲しい話を聞いた。

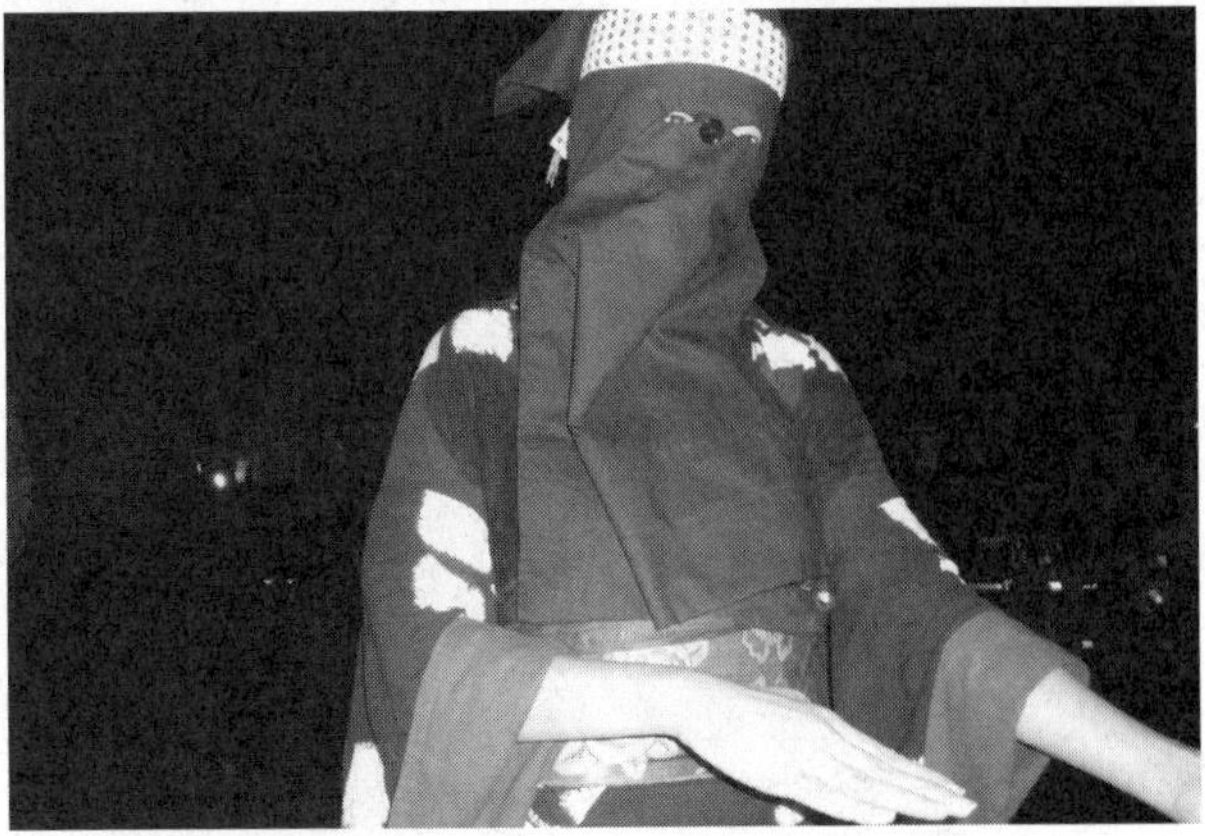

目しか出していない装束＝彦三頭巾姿は女性が多かった。
そのほうが全体にあやしい雰囲気が増し、
お囃子のおじいちゃんも張り切っていくのだ。

ミャンマーの輪くぐりネコ

ミャンマーの北中央部に、インレー湖という山の上の美しい湖がある。首都ヤンゴンからじわじわと北上していく旅だったが、高度を稼ぐまでのルートは湿気をもったすさまじい暑さで、一日歩いていると夕食の時などにはすっかりくたびれきってしまう。幸いビールはあるのだが、ビールそのものを冷やすということは習慣としてやらないようで、注いだコップに氷を入れて冷やすことになっている。まあ、でも暑い中で飲むのには少しでも冷たければありがたい。ビールは四銘柄あったが、どの銘柄も、これが果たしてビールといえるのかと思うくらい甘ったるい味で、いわゆる炭酸飲料の爽快《そうかい》さはまるでない、みんな甘々ねっとりビールだった。

そんなものを夜ごと飲みながらトボトボ北上して行ったところに山の上の湖がある。途中で気温がどんどん下がってくるのがわかり、移動も快適になった。単純なたとえでいえば、夏の東京から上高地《かみこうち》あたりまで移動したような空気感である。

この湖は山上湖としては水深はあまりなく、湖底には淡水生の藻がいっぱい広がっている。この藻を専門にとる人もいるし、魚をとる人もいる。どちらも平底船で、魚とりはとてつもなく大きな底のない鳥かごのようなものを船の上から湖底に向けて投げる。投網《とあみ》と理屈は同じだけれど、ここの捕まえ方は船の上から湖の中を覗《のぞ》きこみ、魚影が見えるとそこに大網をぶち込むという、非常に単純かつ効果的な方法なので、見ていて飽きない。

魚は大きいもので二、三十センチ。その他は十センチ前後の小魚だった。どれも食用になるようで、漁師は少しずつ船を動かしながら一心不乱に同じことを繰り返していた。大きな網なので、かなり体力を使うのだろうということが見ていてわかる。

この湖には場所によってたくさんの浮き草が流れており、この浮き草を集めて紐《ひも》で縛るという、これもまた単純かつ連続的な仕事をしている人がいた。そのあたりには水上家屋がたくさんあって、水草を集めている人たちが住んでいる。水草はたくさん並べられ、そこに例えばキュウリやトマトのような野菜を植えて栽培している。根が常に水に触れているので、水枯れするということはない、なかなか効率的な水の中の畑なのであった。その気になれば流れてくる水草をさらにいくつも束ねてそこにつなぎ、水上農園をどんどん拡大していくこともできるが、時々やって来る山の上の嵐によって、せっかくの農園がばらばらに分散してしまうというリスクもあるようだった。

この湖には水上学校や水上の寺などがあった。そのうちのひとつの水上寺で面白い光景に出会った。寺には人気のネコがいて、お坊さんが持っている針金で作ったワッカだけのうちわのようなものをネコの前でひらりと振り上げると、ネコは見事にその輪をくぐり抜けるのだ。とくにミャンマーにそういう〝ネコ芸〟があるわけでなく、このお寺のお坊さんが退屈しているとき、やはり退屈しているネコを見つけて編み出したワザだという。

針金で作ったワッカを見事にくぐり抜けるネコ。
日本の昔の歌で山寺のヒマな和尚さんがヒマそうなネコに
カンブクロ（紙袋）をかぶせてポンと突くとニャアと鳴いて……
というのがあるのを思いだした。

コブラの踊り

インドやネパール、スリランカなどに行くと、路上でかなり頻繁に見るのが、おなじみのコブラ使いだ。細長いひょうたん状のものを笛にしていてピーヒャラといういかにもヘビが反応しそうな音をたて、笛をあちこちに振り回していくとヘビもその音に魅かれるように、楽器を振り回す方向に顔を向けていく。いかにも音楽に合わせて踊っているように見えるが、実はほとんどのヘビには聴覚器官はなく、さらに視力も驚くほど弱い。口からチョロチョロ出し入れしている先端が二つに割れた長い舌で、そこから主に空気の動きや匂いを感じて反応しているのだという。だから音楽をやめてしまうと、ヘビたちはとたんにやる気を失ったように、上半身（？）から力をなくしてしまう。

この写真はスリランカのヘビ使いだが、インドのそれよりも小さなコブラを使っていた。これで人の目をひき、しばらくヘビ踊りを見せたあとに、何か早口で口上を述

スリランカのヘビ使いはインドよりも小さなコブラを使っていた。
ちょっとわかりにくいがコブラは2匹いて、
不思議な間合いをとってフワフワ踊っていた。

べる。言葉はわからないが、この手前にあるビニール袋の中に入っている何か（多分毒消しのようなものだろう）を売る算段になっているらしい。

日本にも昔、露店でヘビを見せ物にして何かを売る商売が祭りなどに出てきたが、ヘビはむき出しではなくたいてい袋の中に入っており、ヘビ使いはその中のヘビに嚙《か》まれるとすぐ死んでしまうから気を付けろ、などということを口上にし、自身もいかにもこわごわ、恐る恐るという過剰演技の、腰が引けた指先でヘビ入りの袋をつついたりするが、なかなかその猛毒ヘビというのを袋から出さないのが通例だった。

周りを囲む客たちはその猛毒ヘビがいつ出てくるのかという期待を持って立ち去らずにいるのだが、ヘビ使いはじらすようにして本当になかなかヘビそのものを出さず、万能の毒消し薬の宣伝などを続けている。

あるところでは自分の二の腕にナイフで小さく細長い切り傷を作り、その上にくだんの軟膏《なんこう》薬を塗り付ける者もいた。ナイフをヘビのかわりにしているわけだ。そういうヘビ使いは、ずっと待っていても結局ヘビなど一度も出さなかったケースが多い。

ぼくが見たヘビ使いの中でいちばん恐怖的だったのは、ベトナムのメコン川沿いにあるチャウドックという町で出会ったやつだった。町全体に生臭く湿ったような重い湿気が漂っていて、そこは一口で言うと「ヘビの町」だった。売り物は世界最大の毒蛇、キングコブラで、町の中のちょっとした広場でそのキングコブラ売りのショウが行われているのを運よく目撃した。

　キングコブラは最大五メートルにもなるというコブラ界の王者で、鎌首をもたげると一メートルぐらいも立ち上がってしまう。そうして巨大で醜悪な顔の真ん中あたりから、やはり大きな二股《ふたまた》にわかれた赤い舌を激しくチロチロ出し入れしている。ヘビ使いはしっぽを手づかみにして何事か口上を述べながら、けっこうヘビが荒れ狂うままにしていて、これは相当に怖かった。

少し前の敦煌

中国の敦煌《とんこう》は、日本から行くとシルクロードの気配を濃厚にしているいちばん近い入口になる。ひと頃の日本人のモーレツなシルクロード礼賛ブームは沈静化されたようだが、中国は観光都市として敦煌をいろいろに色付けしていきたいようで、年々派手な観光客用のイベントを繰り広げるようになっている。

敦煌そのものの最大の呼び物は莫高窟《ばっこうくつ》で、ここには固い土のほぼ垂直の壁に百穴以上の仏洞《ぶつどう》があり、そのひとつひとつが美しい壁画で飾られている中、数千年以上の歴史を持つ名のある仏像が保存されている。ぼくはこの莫高窟に都合三回ほど行ったが、公開されているのは常時全体の三分の一ぐらいで、多くは修理修復のために長い期間封鎖されている。

公開されている窟《いわや》の中に入るとわかるのだが、かつてのヨーロッパ各国の名だたる探検隊が、探検という美名のもとにこの窟の中の壁画をはぎとったり、仏像をそっくり母国に運び出したりというとんでもない狼藉《ろうぜき》の跡がそのまま残っていて、唖然《あぜん》とさせられる。

　全部の莫高窟を拝観するには三日ほどかかると言われた。その中でも最大の美仏は交脚弥勒菩薩《こうきゃくみろくぼさつ》で、これはその名の通り両足をX型に組んでたおやかなまなざしで虚空を見据えている。この莫高窟での一番の呼び物となるにふさわしいたたずまいだ。

　近くには鳴沙山《めいさざん》という砂山が控えており、二十五キロと十五キロほどの砂丘が威容を見せている。莫高窟を見た翌日にこの鳴沙山に出かけるのがここらの普通の観光コースだ。近づいていくとそこもまた大きな観光地であることが、たくさんの人々が取り巻いていることでよくわかる。

　ラクダを十〜三十頭ほど座らせたり立たせたりしている一群があり、それらはラクダによる鳴沙山登りをする観光客の案内人だ。ひとつのチームで十頭ぐらいのラクダを借り、そこらを練習のためにぐるぐる回っていたりもする。まあレンタルラクダのようなものだ。

　鳴沙山のひときわ大きな砂山は高さ百メートルだ。ラクダを借りない人はそれが約束事のように、その百メートルの砂山を一気登りする。登り切るとその向こうに同じような巨大な砂山が幾重にも連なっているのが見える。ぼくが行ったときは、砂山の谷間に月牙泉《げつがせん》と呼ぶ湖があり、砂の中の湖だから、なかなか意表をつく味のある風景だった。

砂山の上には天秤棒《てんびんぼう》の左右に水やコーラを入れて売り歩いているおばさんなどがいる。砂山というのはそうそう長い間見ていてもさして面白くはないので、小一時間して降りると、貸ラクダ屋の近くで新しい人だかりがあった。行ってみるとあれはつまり天女を模しているのだろうか、薄絹をまとった娘たちがひらひら踊っていた。

天女を模して娘たちがひらひら踊っていた。
みんなこのあたりの農村の出身者だからたくましい太い腕をしている。

イスタンブールの夜

イスタンブールは刺激的な町だ。いたるところに込み入った路地があり、顔や風体を見ただけではどこの国の人かわからない民族にたくさん出会う。それもそのはずで、よく知られているように、ここがシルクロードの西のはずれ。ボスポラス海峡を隔てて対岸はヨーロッパの東のはずれである。両岸に住んでいる人々は、ぼくの行った時代は自由に行き来していた。

海峡の水の流れの速さにおののいた。時間によって潮流の変化があるからだろうが、流れに乗ってくるボートはほとんどエンジンを使わないでおりてきているようだった。そのかわり流れに逆らう船はフルスロットルにしても進んでいるかどうかぐらいの微速前進で、ややもすると後ろに流されてしまいそうなほどのあやうさだ。

岸で釣りをしている人々を眺めていた。イスタンブールに行ったのは体長一メートル半にもなるというヨーロッパオオナマズを釣るというのが大きな目的だったが、結局それは失敗に終わった。自分の釣りはまったくゼロだったが、岸に座って竿《さお》を投げている人たちは、銀色と黒のなかなかすばしっこくて活きのいい魚をひっきりなしに釣りあげているので、くやしいが見ていても飽きない。

空腹になると露店の密集している路地へ行けば、いたるところからすばらしくいい匂いが鼻孔をくすぐる。このあたりはシシカバブーがいちばんの名物だろうと思ったら、それは串刺《くしざ》し肉の一種類で、ドナケバブーとかアダナケバブーなど、カバブー、ケバブー系の肉が各種焼かれていた。どのようにして固めるのかわからないが、円錐《えんすい》形を逆さにしたような吊《つ》り肉があって、それを指差すと、店主はこちらの様子を見ながら適当な量を削ってくれる。これらはみんな香辛料が強く、うまいのは間違いないけれど、無知識であるがためにとんでもなく辛い物を口に入れてしまい、ほとんど頭の芯《しん》がしびれるような体験をした。

この町には二日しかいなかったが、初日は一緒に行った仲間たちと夜更けまでボスポラス海峡に臨む屋台でいろんな種類の酒を飲んでいた。屋台主がにやにやしながら、ウゾーという酒を、サービスだ、といって小さなコップに注いでくれた。グラスを口元に持ってきただけで、これは暴力的に強い酒だということがわかったので、水を足して薄めると、何かの科学実験のように全部白濁し、クレゾールのようなにおいになった。

そのため翌日は二日酔い。それでもめげずに夜はビールなど飲んでいたが、早めにホテルの部屋に戻り、翌日の荷造りをしていた。すると窓の外から、なにやら実に蠱《こ》惑《わく》的な妖《あや》しい音楽が聞こえてくる。窓を開けて目に入ったのがこの写真の踊る女王だった。本場のベリーダンスというものをこの時初めて見たのだ。周りの酔った男たちが動物のような声を出して踊りに反応しているのが、いかにも異国の夜だった。

窓を開けて目に入ったのは踊る女王だった。
足首にいくつもの鈴をつけているので、
動き回るたびにここちのいい鈴の音が夜空にとんでいた。

食べる

世界で一番うまいもの

ぼくがこれまで食べたものの中でいちばんおいしいと断言できるのは、何度か行ったパタゴニア（南米大陸の最南端のあたり一帯）でいつも世話になっていた牧場での日々に必ず食べていたものだ。写真ではちょっとわかりにくいかもしれないが、これはまだ若い羊の丸焼きである。この日は三頭だったので、細長い焚《た》き火を作り、内臓を取り除いて、鉄で作った十字架状のものに羊の開きをくくりつけ、このようにして裏表を一、二時間かけてじっくり焼く。日本の谷川沿いに住む人などがやっているアユの炭火焼きをでっかくしたようなものだと思えばいい。

ここに立っているおじさんが最初から最後までつきっきりで焼き加減の管理をしている。近火にして焦がしてはいけないし、遠火にすると焼きあがるタイミングがそれぞればらばらになったりして、それもあまりよろしくない。

それからこの写真には写ってはいないが、実はこのまわり、特にぼくが写真を撮る

わかりにくいかもしれないが、まだ若い羊の丸焼きが右側に並んでいる。
焼けてくると牧場の犬が牧童たちのスキを見て
少しずつかじりにくる。

ために立っているあたりには、ガウチョというこのあたりのカウボーイらが十数人、片手にビノと呼ぶ赤ワインの入ったカップを持ち、片手に愛用のナイフを持って、焼きあがるのを今や遅しと待ち構えていた。

だから日本でいう焚き火奉行兼料理人が管理していないと、まだすっかり焼けていないうちに、旨《うま》そうなところをどんどん切り取ってしまうから、その厳しい監視の役目もあるのだ。羊全体がアチアチ状態になると、アヒという南米独特のトウガラシ系の香辛料を丁寧に塗り付けていく。これを焼きあがるまで五、六回繰り返す。

そして三つの羊が裏表ほどよく焼けると、このおじさんの許可が出る。するとみんなはどっと殺到し、もう長いことこのでっかい羊焼きを食べていておいしい部位は知りつくしているので、みんなそこを狙う。焦げる寸前ぐらいまできつね色に焼けた表皮と、その内側の脂肪とさらに内側の肉の三つを上手に一緒にくり抜くのがいちばんうまい肉の切り取りかたなのだ。

ぼくは最初の頃はまだどのあたりがうまいのかわからなかったし、どうやって食べるのかもまわりの人の見よう見まねであったから、見事に後れを取ってしまったけれど、今いったような切り取りかたをして、やっと口に入るぐらいの塊にして嚙《か》み切る。羊の皮がまずチリチリして香ばしく、その内側の脂と肉が三位《さんみ》一体となって、いやはやうまいのなんの。

　肉を飲み込んだあとすぐに、赤ワインを飲む。ぼくが最初に行った頃は、チリのワインがどれほどうまいのか知らなかった。カウボーイ向けに造られているわけではないだろうが、甘ったるくなくむしろ荒っぽくて、のどから胃にかけてギリギリ刺激してくるような強烈さがすばらしかった。

モルディブのカツオ

モルディブの魚屋を覗《のぞ》くと、とりたてのうまそうなでっかいカツオが並んでいた。数日前、ぼくも頼んで漁船に乗せてもらい、カツオ釣りに行かせてもらったが、魚影は濃厚といっていいほど豊富で、コマセなど撒《ま》かなくても、カラの針をそこにぶっこむだけで、大きなのがぐいんぐいん上がってくる。釣りあげたこれらは同じ釣り師が経営している魚屋に持って行かれ、そこで無造作に売られる。

いかにもうまそうな魚だが、まったく文化の伝播《でんぱ》というのは悲しみがこもっているもので、ここにはしょうゆやワサビやダイコンオロシというものがない。さらに習俗として、生の魚を食べないということをかたくなに守っているので、日本のように三枚におろして、ぶ厚い刺身を何切れもつくり、ワサビとしょうゆをだぼだぼかけてそれに食らいつく、という食生活は一切ないのだ。まあゴハンというものがないのでそういう食い方を思いつかない、ということでもあるのだろう。

ぼくがかれらのカツオ釣りに同行させてもらったときは、自分で釣ったカツオをすぐに三枚におろして、持っていったショウガを削り、しょうゆだぼだぼでむさぼり食った。

同じ船に乗っているモルディブ人が、全員恐怖的に黙り込み、ぼくのその生カツオの生かじりを見つめていた。彼らにとっては釣りたてのカツオを食うなんて人間じゃないと思っているようだった。このオドロキを立場を逆にして想像すると、そこらを歩いているネコをいきなりつかまえて生のままボリボリ生かじりしている様子と同じようなものだったのだろう。

この店に並べられているカツオは大きなものは三枚におろしたあと茹《ゆ》でて、むしろの上に置いてすぐに乾燥させる。ときどき上から荒っぽく塩をふるが、干すのはまあたいてい三、四日だ。それでできるのは我々の生活にもあるなまり節で、モルディブの人たちは、こうしてなまり節にして、初めて食べることができるのだ。

なまり節はこの国の重要な輸出品のひとつだ。各家庭ではこの身を使って一般的にカレーをこしらえている。何度か食べさせてもらったが、新鮮なカツオとカレーは大変よく合って、さすがに歴史のある調理法なのだなと感心しました。

この店には数度通ったが、我々のように刺身に切りきざみ、しょうゆをつけてごはんで食べるなどということは一切しないので、マグロがとれたとしてもやることは同じだ。つまりマグロのなまり節を作るのだ。それも食べてみたが、カツオの味に慣れてしまっていたので、マグロはちょっと異質な感覚だった。なによりもこんな食い方しちゃってもったいない、という気持ちが大きいのだ。

あれならばトロのあたりをブロックごとに切って、そこに塩やコショウをなすりつけ、ナイフとフォークで生ステーキとして食べたほうがはるかにうまいのではないか、と思った。

しかし問題なのは、やはり大豆から作ったしょうゆがないことで、中国から入ってくる魚醤《ぎょしょう》がその代役になっているが、魚醤は癖が強く、特にマグロの脂とはあまり融合しないような感想を持った。食生活は地域によってまだまだ不毛地帯がいっぱいある——ということをむなしく実感した。

カツオは三枚におろしたあと茹でて乾燥させる。
このあたりカツオ、マグロは年間通していつでも沢山釣れるらしい。

幼虫を食べる

オーストラリアの内陸部は海沿いのリゾート地とはうって変わって広大な砂漠地帯で、その中は全面的にハエだらけだ。同じ砂漠といってもサハラやナミブ、タクラマカンなど草木ひとつ生えていない生物の途絶えたところとちがい、けっこう小さな樹木や草などがあり動物も各種生息している。このような半生《はんなま》（？）の砂漠のほうが、ハエなどの虫の繁殖があってかえって厳しい環境になるのだ、ということを知った。

ハエは日本の常識をはるかに超越した濃厚なうず巻き状の大群になって、そこいらじゅうにいる。人間が足を踏み入れると、目のまわり、鼻の穴のまわり、唇《くちびる》のまわりなどにまずとりついてくる。少しでも水分のあるところを狙ってくるのだ。手で払ってもすぐ違うのがとりついてくる。どいつも簡単には飛び去って行かないくらいの強引さで、それが砂漠滞在中、朝から夕方まで続くのだから、慣れるまでには時間がかかり、かなりのストレスになった。観光には決して向かない驚くべき荒れ地だ。

ウイッチティグラブという大きな蛾の幼虫。
1匹丸ごと口の中に入れて、喜びの顔のままもぐもぐやる。
虫の中のたっぷりの体液がおいしいらしい。

そういった自然環境の中にもネイティブが暮らしている。アボリジニだ。彼らはもうそういうことに慣れているので、ハエが顔のどこにとまろうが好きにさせている。

ネイティブの村に行くと彼らの生活がよく見えてくる。水が生活していく上で最大に貴重なものであるのはよくわかる。ところどころに冗談のようにして小さな小さな(幅十センチぐらいの)湧き水らしきものが流れていたりする。しかし彼らは見向きもしない。それもそのはず、途中経過してくるところが影響しているのだろう、海水ににがりをくわえたような飲めない水であることが多いのだ。

ほんの数日だったが、そんなネイティブのそばでキャンプして、彼らと行動を共にした。それで分かったのだが、食べ物はほとんど砂の中にあった。地表の暑さから逃すために昼間は土中に埋めていたのだ。

あるとき少年がちょっとした叫び声をあげて、一つの木の根に突進し、そこから十匹ほどの丸々と太った何かの幼虫を引っ張り出した。あとで分かったが、主にゴムの木の根に産み付けられるウイッチティグラブという蛾の幼虫だった。見るからにプリプリ太っていて、中はかなり水分が豊富のようだ。これをまるまる一匹口の中に入れて、喜びの顔のままガブリとやる。けっこう大きなブチン! という虫の外皮が嚙《か》み切られる音が聞こえる。少年の嬉《うれ》しそうな顔。口を開けてその中を見せてもらったら、薄緑色のまさしく体液と呼べるようなものがいっぱい詰まっていて、それはそれでおいしそうだった。

腸をススル

北極圏に住む民族は、昔はエスキモーといわれたが今は国によってイヌイットと呼称が変えられるようになった。エスキモーというのは〝生の肉を食らう人々〟という意味で、これは民族差別ではないかというところから〝真の人間〟という意味のイヌイットに行政やジャーナリズムが一致して呼称変更するようになった。ずいぶん大きなちがいがあるもんだ。

この写真には、解体する人の手とアザラシしか写っていないが、ロシア側の北極民族でここではユピックと呼ばれている人々だ。ロシアもアラスカもカナダも、北極圏に生きる人々の主食は共通してアザラシが第一番で、みんなこの肉を好んで嬉しそうに食べている。もちろん生食。

アザラシにもいくつかの種類があって、大きさや生息地によって食べているもの（主に魚）が異なり、少しずつ捕らえ方や解体の仕方なども違っているようだ。ここ

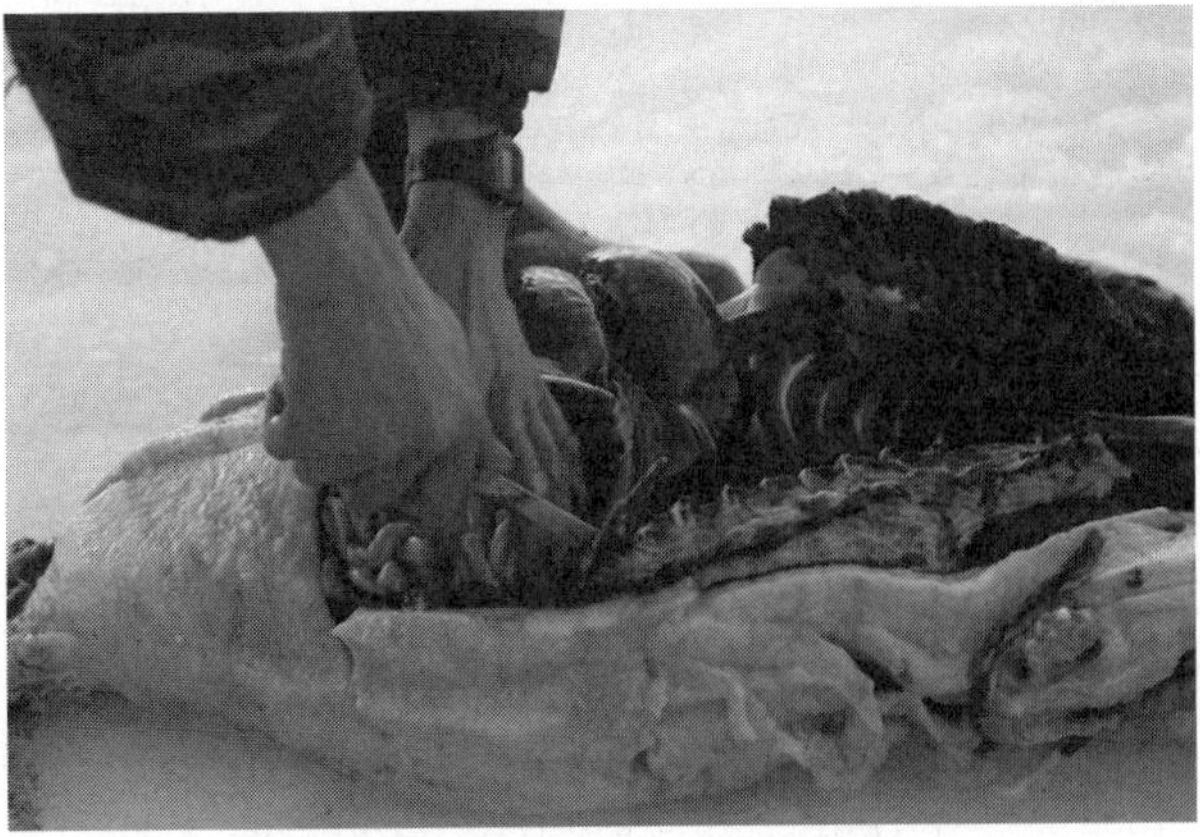

マイナス30℃の中、アザラシを素手で解体する。
その方がナイフを使いやすいし、マイナス20～30℃という外気よりも
アザラシの体内の方がプラス10℃以上あってしばらくはあたたかい。

らの冷たい海の海洋民族は、凍った海からアザラシを捕らえると、素早く手袋を脱ぎ、このように素手で腹の中の肉を切り取っていく。この日はわりあい暖かく、それでもマイナス三十度はあったが、そんな中で素手で解体するのはあたりの空気よりもアザラシの体の中の方がまだ体温が残っていて温かいからだ。

小さなナイフで素早く各部位を切り取って分けていく。面白いのは、解体する者だけが知る特別うまい肉の部分をくるりと小さく切って、口に放り込み、ニッと嬉しそうに笑うことだ。何度か繰り返していると口のまわりが血で真っ赤になり、まさしく海洋肉食民族なのだなと納得させられるのである。

海洋肉食民族というのは徹底していて、こうして解体したアザラシのすべてを食用にする。肉の次においしいのは、肝臓などの内臓系で、これも部位によっておいしいところとそうでもないところがあるという。

さらに驚いたのは、腸をそっくり引っ張り出し、解体しながらその腸の途中を切って口にくわえ、中身をしごき出し飲みこんでいることだった。どんな動物でも腸の中身といったら、まあ簡単なはなし、クソである。けれども腸の場所と消化時間によって味が複雑に違うのだという。胃から流れ出したものはまだ胃酸の味と匂いが濃厚だが、慣れと時間の経過とともにだんだん旨《うま》くなっていくという。

このあたりのアザラシは主にタラを食べているので、肉や腸の中身全般がタラくさい。腸の一切れを引っ張り出してぼくにくれた。ややためらいながらも、これも人生でめったにない大事な経験と思い、すすってみた。思った通り、肉や内臓とは全く異質の、かなり強烈なくせのある味が口いっぱいに広がる。全体が肉や内臓などよりもしょっぱいのに驚いた。味は塩辛に似ている。

ちゅっと一息すすると、腸の中の長さ五、六センチぐらいが口の中に入ってくる。これも栄養だと思い、心の中でえいっと叫びながら、与えられたものを全部すすった。

動きまわるミドリヘビ

はじめて行った外国で、その国の実情を知るのにいちばんてっとり早く確実な方法はまず「市場」に行くことだ、とよく言われる。日本を含めた〝先進国〟という野暮な国では市場は大きくきれいなスーパーなどになってしまい、この法則はあまりあてはまらないが、まだ多くの国にはいたるところにその土地ごとに異なった売り物が躍動している。

アジアの市場を歩いてとくに驚くのは、圧倒的な品数の多さと売られている商品の豊富さだ。この写真はベトナムのいわゆるメコンデルタのごく普通の市場で出会ったヘビ屋さんで、アジアの市場ではありふれた風景だ。

生き物は「生きたまま」売られていることが多い。大きなところだとニワトリ、ヒツジ、ハクビシン、ウサギなどを見るが、ヘビも生きたものがそのまま売られている。逆にいえば、死んだヘビなどは誰も買わないから売る人もいないのだ。

ドンゴロスの袋いっぱいに運ばれてきたミドリヘビを
無造作に十数匹ほど摑んではひっぱりあげヘビカゴに入れていた。
これは細かく切られて油で揚げクスリにするという。

「イキがいい」ということがヘビの大きな商品価値になるのだな、ということが説明を聞かなくてもだいたいわかる。

この市場では無毒ヘビは二メートルクラスの胴体の太いのが多かった。そういう大きなヘビはたいてい互いにからみあっておとなしくしていて「まいりました」というふうにぐったりした具合で見ているほうも心配になる。無毒ヘビと有毒ヘビはだいたい五種類ぐらいずつ売られている。有毒ヘビのほうが高い。人間のカラダのあちこちに効き目があるしうまいからだという。

この市場では新しいヘビが入荷したところに遭遇した。動いているドンゴロスの袋がとどけられたのだ。袋があちらこちらふくらんだりへこんだりしているからたちまち目が離せなくなった。

ヘビ屋のオヤジが袋をしばっているクチをあけるとそこから「ぶあっ」というふうに細長いあざやかな緑色をしたヘビがたくさん「ハナひらいてきた」。

そういう表現をしないとしょうがないくらい、袋の中から百匹ぐらいの緑色のヘビが飛び出してきて全体でユラユラ揺れているのだ。腹筋とか背筋がものすごくつよいようで、全員で立ち上がって揺れているのである。

その揺れたカタマリの中にオヤジは手をのばし、無造作に十数匹ほど摑《つか》んではひっぱりあげ、目の前の「ヘビカゴ」の中に入れていく。ヘビは摑まれても何かの手品みたいに全体で踊りながらくねくね動きまわっている。あとで知ったのだが、このミドリヘビはザンロというえらく細長い毒ヘビで、森林の中の木の枝にたくさん棲《す》んでいて、下をとおる獲物を襲うという。イヤラシイ奴だ。もちろん獲物の中にはニンゲンも含まれている。

不思議なのはそういう毒蛇だというのにオヤジはいっさいかまわずまとめて摑みだしてはヘビカゴの中に移しかえていることだった。どうして嚙《か》まれないのか聞いたら「こいつらを愛しているからさ」などと言っていた。一種の薬効があるらしく、やがては買って帰った人間の腹の中におさまるのだ。

シベリアのブタ首売り

ここは二月のロシアのイルクーツク。シベリアではもっとも美しい町といわれている。確かにこのくらいの季節になると町にはえている木々は全部氷をまとい、つまりは樹氷だらけになる。日照時間は朝十時から午後二時ぐらいまでだから、こうして自然の光の中で人々が歩き回れる時間は限られている。雲間から太陽が顔を出さずとも、昼間は夜と比べるとそこそこ暖かいものだが、こうした極限地帯にくるとそんな変化も感じなかった。

ぼくなどは四六時中手袋をつけていないと歩き回れない。しかしこの地の住人らは、写真でおわかりだろうか、ほとんど素手である。極寒に耐えるには条件があって、まず生まれつき全身の防寒力を備えていることらしい。

ところどころにちょっとしたマーケットがある。ぼくが旅した頃はすでにロシア式のスーパーができていたが、そこで売っているものは高くて品質が悪いといううわさ

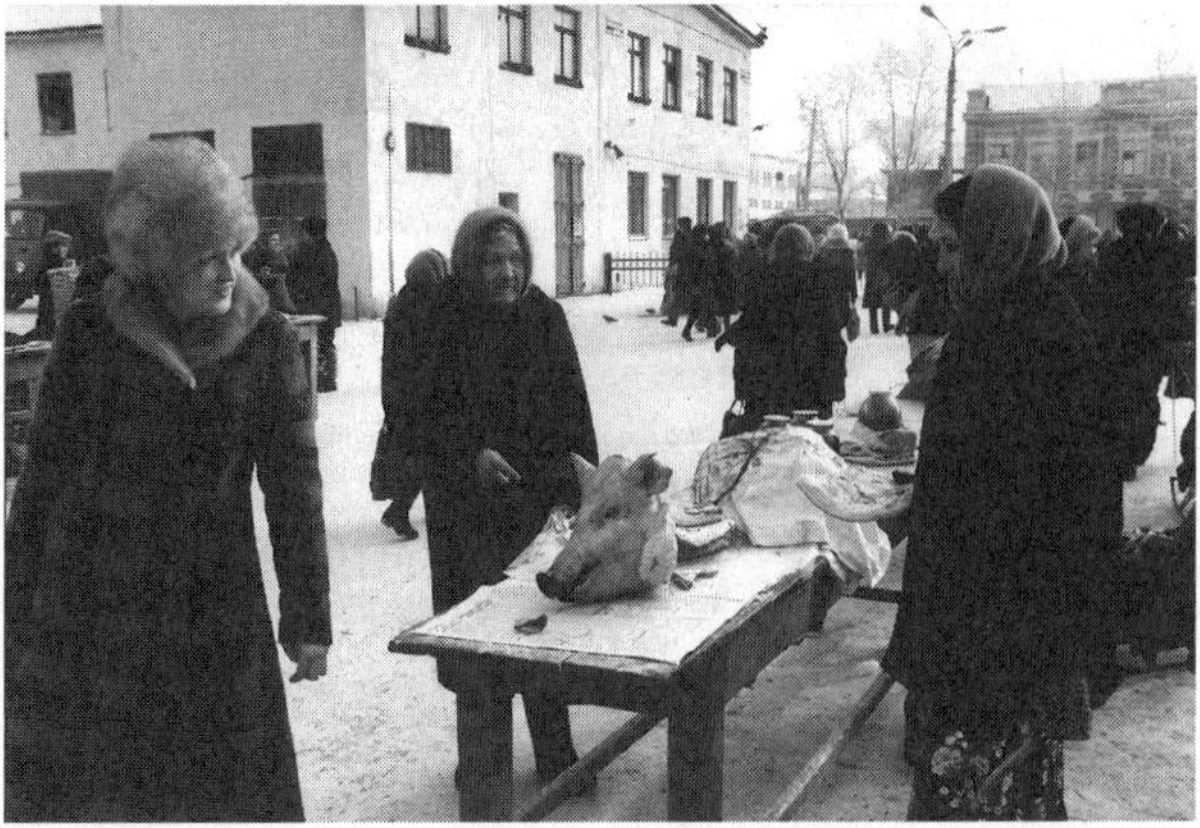

ブタの頭をめぐる３人の女性のやりとり。外気はマイナス 30℃ぐらい。
買っていくのは頭全部ではなく好みの部位での値段勝負。

がどこからともなく流れていて、そういううわさを武器に、農家のおばさんがスーパーの近くに自家製のいろいろなものを持ち込んで、臨時の個人売店を開いている。

このおばさんは見ての通りブタの頭を売っている。最初から見ていたわけではないからはっきりとは断言できないが、家から持ってきたのはたぶんこのブタの頭ひとつだけだろうと思う。もし他の部位を売ろうとするならば、ブタ一匹の肉をこういう臨時売店ではさばききれないだろうからね。

日本でもブタの頭をこうして売る場所があるのを知っている。沖縄である。沖縄はどちらかというとウシよりもブタを好み、食べるとなると頭からしっぽまでいろんな料理技を駆使してさばいてしまう。極寒のシベリアと酷暑の沖縄が同じものを大切な商品として位置付けているのはなかなか面白いなあと思い、しばらくこのブタ頭をめぐる三人の女性のやりとりを見ていた。

とはいっても何を言っているのかこちらにはわからない。ときどき、ルーブルとかカペイカなどという金銭単位の言葉が出てくるので、値段の交渉をしているのだなとわかってくる。ただし、買うのは頭一つ分ではなく、そのどこらへんかの部位をめぐっての攻防なのだ。ロシア人に聞くと、ブタはあごからほほにかけての肉が咀嚼《そしやく》のためによく動いているから、シチューなどには最高なのだという。

もうひとつ、舌も人気なようだ。馬でも羊でもそうだが、あごやほほなどの動きと比べたら舌は何万倍も激しく動いているから、筋肉が発達してとりわけうまく、特に舌先よりもそれを動かす奥の方の舌の根のほうがうまいのだという。このいわゆる〝舌の根〟は見るとびっくりするほど大きい。なるほど日本でも仙台《せんだい》あたりに行くと牛タンがもっぱらの売り物であるし、馬の舌も人気がある。牛タンというのだから、馬のそれは馬タンというのだろうか。あっ、ここにあるのはブータンである。

捕る

メコン川のドンダイ漁

インドシナ半島のほぼ真ん中を貫くメコン川は、チベットから中国の雲南省《うんなん》あたりを経由してラオス、ミャンマー、タイ、カンボジア、ベトナムといくつもの国を経て南シナ海に注ぐ。日本列島よりもはるかに長いこの川の河口は、対岸を見ることができないくらい広大で、船で下ってくると、どこまでがメコン川でどこからが海なのかわからない。源流から河口までおびただしい種類の魚介類が生息しているが、汽水域が広いのでその動物相の居住区域も明確ではない。地元の人に聞いても、百キロとか、千キロなど、でまかせと思えるような答えが返ってくる。満ち潮も引き潮もあるからどっちにしても正確に測ることはできないのだろう。

河口付近には、長さ三百メートルぐらいの幅に太い竹竿《たけざお》が何十本も突き刺さっており、それにワイヤーを絡ませた細い竹が全体をつなげている。そういうものがいたるところにあり、共通しているのはその真ん中へんに二メートル四方ぐらいの小屋のよ

竹と竹の間にひとつずつ大きな網が仕掛けられている。
潮の干満によって川上からの魚、川下からの魚を生けどるしくみ。
孤独に耐えられる男にしか務まらない仕事だ。

うなものが造られていることだ。この大がかりな装置は河口を出入りする魚を網にかけるドンダイ漁といわれるもので、粗末な小屋にはたいてい男が一人いて、仕掛けを管理している。この横に広い竹柵《たけさく》のいたるところに袋網が仕掛けてあって、川と海が規則的に繰り返す満潮と干潮を利用して魚を獲《と》っているのだ。

ぼくはけっこう内陸にある漁師の集落から船に乗ってこのドンダイ漁を見に行った。船が近づいていくと小屋から男が出てきて、船が網を引き揚げるのを手伝っていた。六三ページの写真は最後の一網をすくう前の状態である。網の中には小魚を中心に、ウナギやエビ、カニなどの雑多な獲物が、その日は一袋に百キロぐらい入っていた。十いくつもあるそれらの獲物の袋を船に運び込むと、一服する間もなく船は本拠地に帰っていく。

彼らが作業をしているあいだ、ぼくはその男の住んでいる空中の小屋の中を見せてもらったが、テレビも無線もなく、丸められた布と炭のコンロが片隅に転がっているだけだった。

網で生け捕った魚を船が引き揚げると、網管理の男のその日の仕事は終わりである。そのあと海水が川の内側に流れ込んでくると、翌日やってきた回収船には海からの獲物である小魚類を同じように積み込むのである。見回したところ、この海上で一人で暮らしている男がどこかへ行こうとしても、小船一艘《そう》つながれていなかったから、大しけのときなど、それがやってくる前にボートで安全な場所に逃げ帰るということもできないわけだ。

男に聞いたら、二週間その小屋にこもって毎日同じ仕事をやり、三日ほど集落に帰って、新しい食料などを仕込んだりして、またその小屋での生活に戻るのだという。よほど孤独に耐えられる強い男でないと務められない仕事なんだろうなあと思った。

ラプラタ川の子ワニ捕り

南米、ラプラタ川の川中島にむかう途中で出会った地元の人は、ふたり組で浮き草の密集する川に入り、独特の小魚漁をしていた。むかし日本は川や沼などでよく「四つ手網漁」というのをやっていた。タタミ二畳ぐらいの大きさの網の四方を細いハリガネで支え、これをしばらく水の中につけておく。やがてその網を空中にあげると小魚をはじめとしたエビとか川虫などが捕れるという漁だ。何が捕獲できるか面白いのでよく見物していたものだ。

ラプラタ川の浮き草の密集するなかに入っている（写真の）このおっさんのこちら側には別の男が水の中に入っており、二人でちょうど「四つ手網」と同じような漁をしているのだった。

これだけ浮き草の密集しているところだといろんな生物が集まってきていて、二人が持っているタタミふたつぶんぐらいの「網」は大体三〜五分ぐらいで「せいのぉ！」

ふたり組で浮き草の密集する川に入り、独特の小魚漁をしていた。
水中から網を引きあげるたびに種々雑多な生き物が上がってくるので
見ている分には面白いが、何が水中をうごめいているか
わからないから川の中には入りたくない。

という感じで上にあげる。せわしないのだ。

しかしその程度の時間でも仕掛けの網の中には沢山の小さな生き物がうごめいている。

それも日本のおだやかな淡水の川や沼などと違って見たこともないようないろんな生物がいて、日本の「四つ手網」とわけが違う。

小魚はもちろん水棲《すいせい》の大虫（大きな虫）や生物らしいけどなんだかわからないもの、二十センチぐらいある水棲のムカデみたいなもの、もっと大きい水ヘビなどなどがうじゃうじゃいて成果としては素晴らしい。しかし彼らの狙っているものは違うようで、それらはすぐに捨てられる。

やがておっさんが叫んだ。ようやく狙っていた獲物のひとつがかかったようだった。子供のワニである。片手でもちあげられるくらいだから本当にまだ幼い。しかしこのくらいのワニが食うにはいちばん適しているようだった。

もっと成長した大人のワニになると人間のほうが食われてしまう。

事実、おっさんたちがつかっている浮き草のたくさん生えている場所には餌を求めてたくさんの生き物が集まってきており、その中には大人のワニはもちろん、猛毒の水蛇などもいるらしい。まあ、南米の川だから当然のハナシだ。

このおっさんがかかげているぐらいのワニはやわらかくてうまいらしい。あとで近くの別の川中島のネイティブの村で、やはりこの程度のワニを捕ってきて料理しているところを見ながらそういう話を聞いた。

ワニの料理の仕方なんてめったに見られないのでしっかり観察した。まずはブッシュナイフでワニの背を真一文字に切り裂く。

マグロやカツオだとたいてい脊髄《せきずい》に沿ってナイフをいれて、内臓を出してホネから片身を切り出す。つまりは「三枚に」オロスが、ワニの場合は体の構造が違うのでそうはいかない。

ワニ皮とよくいうがこの程度のワニの皮は思いのほかやわらかいのでタテ一文字にオロスしか方法はないのだろうと見ていてわかる。ワニの肉は白く、こまかく切って煮ていた。味は鶏系だ。爬虫類《はちゅうるい》はだいたいそんな味なのだ。

アマゾンのピラルクー

アマゾンには世界最大の淡水魚ピラルクーがいる。大きくなると四メートル以上というから、まるで生きているこいのぼりみたいだ。ピラルクーを狙っているアマゾンの人々はたくさんいる。なぜなら一匹仕留めると数か月分の生活が約束されると言われているからだ。けれど、そうは言ってもそんなに簡単にとれる訳はなく、ピラルクーを専門にしている漁師に聞いたところ、確実にいるとわかっているエリアを三か月ぐらい狙っても滅多に捕らえることはできないという。話を聞いていて、なんとなく大間のマグロのことを思い出した。海水、淡水の差はあっても双方同じぐらいのバケモノ魚ということでも共通している。

ピラルクーの釣り方はいろいろあって、エリアによっても違うけれど、それを狙う釣り人の秘密の作戦もあり、どれが絶対という方法ははっきりしていない。一つの例でいうと、まずエサだが、豚やカピバラ（世界最大のネズミ。豚ぐらい大きい）などにクレーンのフックかと見間違えるような巨大な針を仕込み、目指す川に放り込んでおく。釣り人は川から三十〜四十メートルほど離れたところに潜んでタイミングをうかがっているらしい。仕掛けの途中に空のドラム缶が仕込まれていて、河原の木の股《また》などにひっかけられている。ピラルクーがかかるとそのドラム缶が水の中に落ち、釣り人が俄然《がぜん》緊張するという訳である。

けれどその話は十年か十五年前のことで、現在はけっこう大きな船を使い、そこから通常の釣りのようにエサをつけた糸を川に放り込む。通常の釣りと違うのは、ミチイトが太いワイヤーで、工事現場みたいな仕掛けになっているという点である。かかると魚との綱引きになるが、過去には船が引きずられ転覆し、釣り人が帰らなかったなどという話があったらしい。

七三ページの写真で青年が抱きかかえているのはピラルクーの幼魚である。幼魚でも一メートル半はあり、このように両手で抱えても相当に重く、慣れていないとこんな姿勢でいることはとても無理だと、見ていてわかる。

この幼魚をもらってキャンプの場で食べた。解体するところから見ていたが、肉は真っ白で、見るからに脂に満ちて、それをさばく大型のナイフも脂によってたちまち切れなくなり、何度も洗って、研いでいた。

いろいろな食べ方を教えてくれたが、基本は水で茹《ゆ》でるのと火であぶるという原始的なものがいちばんよく、煮込んだものはやはり強烈な脂にまみれていて慣れないとそのままでは食べられない。乾燥させて塩にピリカラソースで食べてもいいらしい。

ぼくはこの日、焚《た》き火で串焼《くしや》きふうにしたものを食べたが、マグロのトロを焼くとこんなふうになるのではないかと思った。現地の人に聞くと十通りぐらいの基本の料理法があるという。

アマゾンには世界最大の淡水魚ピラルクーがいる。これはまだ幼魚。
成長すると４メートル以上になり、人間１、２人ぐらいの力では
とても水から引きあげることができない。

アマゾンのデカナマズ

アマゾン川の河口は広い。幅が広い、ということである。対岸から対岸まで四百キロほどもあり、その真ん中にマラジョー島という大きな島がある。アマゾン川はその島の両側を囲うように流れているから、その島は日本風にいうと川中島ということになる。しかし行ってみると単なる島ではなく、九州ぐらいの大きさがある。この中洲《なかす》には筑後川《ちくごがわ》ぐらいの川が流れていてなんだか訳がわからなくなる。人は数か所に固まって住んでいるだけだ。

アマゾン河口でいちばん大きな港湾都市ベレンは、いつ行っても大勢の人々がまるでめちゃくちゃに交差する人間たちのカオスのような様相でごったがえしている。このあたりはアマゾン川が海の中を進む川として、長さ五百キロほどのすさまじいスケールで大西洋に流れ続けているという。したがって海水、淡水、汽水の領域がごっちゃになって、おびただしい種類の魚介類が毎日水揚げされ、港の町は、海や川や生き物がサンバのリズムとともに毎日にぎわい、浮かれているようだ。

その日はフィリッチョというアマゾンの大ナマズが水揚げされたところで、一匹が百キロ以上ある。口は大きいものだと八十センチぐらいは軽くある。だから人食いナマズともいわれているが、味はうまく、この日は十一匹も荷上げされたから、さらにいつもの賑《にぎ》わいが加速されていた。

港湾市場には漁師の他に魚介類の荷受人や、魚の卸売り業の仲を取り持つなんでも運び屋のような仕事の人がたくさんいる。七七ページの写真の先頭の人は、もう三十年もこういう仕事をしているので、完全にガニマタ化しており、長年重いものを頭で支えてきたからなのか首が肩にめり込んでいるかんじだ。

二人がかりで運ばれてきた大ナマズ、フィリッチョは、二百キロまで測れる大きな台秤《だいばかり》の上で計量され値段がつけられる。そのへんのシステムは日本の魚市場と変わらないが、扱われる魚がみんなとてつもなく巨大なので、そのへんが築地《つきじ》あたりとはだいぶ様子が違う。

市場の中を歩いていてびっくりしたのは、畳四枚分ぐらいある大きなエイを見たときだった。まだ生きていてしっぽの横のほうにいかにもあくどい働きをする固くて鋭い針がついていて、扱いを知らない人が時々刺されるという。何しろ巨大なエイだから、間が悪いと人間が死ぬこともあるそうだ。

フィリッチョはそこからアマゾン各地の魚類専門店やレストランに運ばれていく。どこの国でもそうなのだろうが、こうしたところには市場で働く人や観光客などを相手にした大衆料理店がいくつもあり、そのうちの一店で水揚げされたばかりとおぼしきナマズ料理を食べた。

巨大なナマズは白身の部分が多く、それを軽く煮込んだスープも脂で白濁した層ができている。ナイフやフォークで身を切り取り、トウガラシを主体にしたすさまじく辛い調味料とレモンやライムをどっさりかけて食べる。これが地元の安酒にぴったりで、アマゾンの喧騒《けんそう》もちょうどいいBGMがわりになる。

30 年もこういう運び仕事をしているからか、
足が曲がり首が肩にめり込んでいる。
この日はおまつりのみこしのように次々と
11 匹がこんなふうに運ばれてきた。

バイカル湖の穴釣り

バイカル湖は十一月になると全面凍結し、さらに寒さの厳しい十二月、一月になると、あちらこちらで膨張した巨大な氷の塊が凍った湖面から浮き上がって、複雑なでこぼこ模様を作るようになる。日本の諏訪湖《すわこ》の御神渡《おみわた》りのスケールをもっととてつもなくでっかくしたようなものだ。十一月は湖面の氷は平均して平らであり、氷の厚さは一メートルから一・五メートルほどになる。

ここの氷に穴をあけ、魚釣りをするのが近隣の人々の楽しみになっている。氷の穴あけ器は金具屋さんで売っており、折り畳み式で長さ三メートルほどもある。原理は簡単なねじ込みドリル式のもので、これを人力でグルグル回すと直径七、八センチぐらいの穴になる。それでは大きさが足りないので、苦労してあと二、三本隣接したところに穴をあける。その準備だけで三十分ぐらいはかかり、零下三十度の中で汗をかくほどだ。

零下 30℃のなかでのスプーン型の疑似餌を使った穴釣り。
上手な人はその日のタナ（魚が回遊している水深）をうまくつかむと、
あとは入れ食い状態になるらしい。

ぼくはこの穴あけ器に感動して買ってしまった。日本にまで持って帰ったが思ったとおり使い途《みち》がなく、さびしく捨ててしまった。

釣りは、竿《さお》を使わず、おもりにスプーン型の疑似餌《ぎじえ》を糸につけて垂らしていく。バイカル湖は深いから、二、三十メートルあたりでしゃくる。案外簡単なしくみだ。あたりがきたら糸をどんどん引き上げていく。

足元にたまった釣り糸にすでに氷が付きはじめ、いちばん下に獲物が付いている。体長二、三十センチぐらいのオームリという陸封型のマスやサケの仲間で、これを釣り上げると十五秒ほどは氷上でぴょんぴょん跳ねているが、やがて何かのマジックを見ているようにぴたりと固形化して動かなくなってしまう。水温は零度からマイナス三度ぐらいなので、マイナス三十度の空気にさらされるとたちまち凍ってしまうのだ。

獲物によってタナ（深さ）が違い、熟練者はおもしろいようにじゃんじゃん釣り上げるが、なれていない者がやると一時間たっても全く釣れる気配もないということになる。

オームリはとてもおいしい魚で、食べ方も簡単だ。まず釣れた獲物を家に持って帰り、その日はそのまま家の外に並べておく。一晩もするとすべては骨までカチカチに凍ってしまう。食べるときはよく切れるナイフや包丁で、いとも無造作に頭からしっぽまで好みの厚さに切っていく。

皮は食べないが、頭から尾まで、身はきれいにはがれていくので、それをそのまま塩などをつけて食べるのがいちばんうまい。大形のルイベを食べているようなものだ。

これは何も屋内でやる必要はなく、戸外でも同じことができるので、氷上に小さなテントを張りそのそばで釣りをすれば、数時間で同じような料理が食べられる。

ウオトカを飲みながらほどよく凍ったオームリを、ナイフで切っては塩をつけてばりばり食っている様子は、極寒地帯でなければ味わえないような特上のごちそうとわかる。

底力

寄生樹

カンボジアのアンコールワットは広大な面積にそれぞれ重要な遺跡群が分散していて、全部見て歩くとすると三、四日は必要だといわれている。史跡学者でも宗教学者でもないぼくはすさまじい暑さにややへこたれながら、たくさんの石積みで造られている回廊を歩いていった。石で囲まれた通路を行くと、太陽光線のじかの照射を浴びずに済むので少しは楽になるが、石壁によって空気がとまってしまうのが少々辛《つら》い。

ようやく広い場所に出た。そのあたりは、イチジク属の大木の根によって、まるで天空から降りてきた巨大な魔物が、ものすごいカギ爪で石壁をがっしり押さえこんでいるような、いやはやなんともすさまじい光景が広がっていた。石と樹木が何百年もかけて戦い、いまだにそれが続いているようにも見える。

アンコールワットのことを詳しく書いた本などによると、この絡みつかれた石造りの建造物は想像もつかない年月によって形づくられた樹木の根の力でこうして押さえつけられていないと、つまりこの寄生した根を断ち切ってしまったりすると、あっけなく瓦解《がかい》してしまう、ということらしい。この、なんというか「寄生根」とでもいうべきものと石とが完全に一体化しているのは、天の力と地の力が闘っているようにも見え、驚嘆する光景だった。

イチジク属の木はその他の自然界でも強烈な寄生をすることで有名だ。後年、アマゾンに行ったときにシメゴロシの木というのを見た。その木は種が鳥の糞《ふん》と一緒に排出されたり、鳥が種を足などにつけてどこかの木に舞い降りると、樹上で発芽して寄生し、宿主《やどぬし》の木の幹を伝わってどんどん地表まで根（気根）を伸ばしていく。その間に寄生した木を抱きかかえるように何本もの横に向かった根が発達し、十数年するとその木は、寄生したシメゴロシの木によってぐるりと全体が抱きつかれたような形になる。

シメゴロシの木は縦横の気根から宿主の養分をどんどん吸い取り、全体が太くなっていく。やがて寄生された親木はすっかり枯れてしまい、風や乾燥などによって崩れ落ちてしまうのだ。

寄生した木だけが後に残るわけだが、アマゾンで実際にそうなった木を見たときはやはりおののいたものだ。ちょうど胴長の脊椎《せきつい》動物が骨だけになってジャングルの中に突き立っているように見えるからだ。

アンコールワットのこの寄生樹と石のタタカイは、石が相手だからそこから養分を吸いとることはできない。そのかわり石の壁のまわりのさらに土中深くまで根は伸びていって、結果的には石と一体化した頑丈なハイブリッド根のような構造になってしまう。

アンコールワットは石像や様々な文様を描いた壁などが有名だが、ぼくはそれらにまして、樹木と石との、おそらく数世紀を経た戦いのありさまにもっとも驚愕《きょうがく》した。日陰を見つけて、しばらくのあいだ目の前のその戦いの風景をボーゼンと見ていたのだった。

「寄生根」と石が完全に一体化した驚嘆する風景。
一体化するまでは石と木との時間をかけた
壮絶なタタカイがあったのだろう。
左下のほうにぼくを案内するように
ずっとくっついてきた仔犬がひと休みしている。
ぼくはそいつをコンちゃんと呼んでしばらく一緒に歩き回った。

ブッシュメンの底力

オーストラリアのブッシュメンは砂漠のなかに生きている。気温はいちばん暑いときで五十度を越えるからそこに住む人々のいちばんの問題は水である。地域全体がとことん乾燥しているから川というものがない。あるのは谷の奥にしみ出てくる気まぐれな湧き水だが、人間と同じように水不足にあえいでいる動物が人間よりも先にそういう水飲み場を探して荒らしてしまう。

人間は動物を追っ払い、湧き水が最初の頃のように澄んだ飲み水に復活するまで待つがもともと乏しい水源だと先にみつけた動物に殆《ほとん》ど持っていかれてしまい、十分な量にならない。

ときおりキマグレもしくは人間や動物をからかうようにきわめて小規模の雨が降る。雨は一番ひくいところに束の間のおもちゃみたいな水路を作るけれど、乾いている砂地にみんな吸い込まれてしまう。

まず焚き火をおこし、いったん火をよけてその下の砂の中に
トカゲを埋め、蒸し焼きにする。それを裂いて食べる。

この枯れ沢を「ワジ」という。

ブッシュメンは雨が降るとかけだしていってこのワジにしみ込んだ雨水を素早く得ようとする。ヒョウタンを切って作った椀《わん》をワジの黒く染みたところに力いっぱい押し込んで、なんとか水分を集めようとする。せいぜい泥水ぐらいしか採集できないが、降ったばかりの水はとにかく貴重だからしばらくおいて泥を沈ませ、上澄みのところをかろうじてすする。

自然に生えている瓜《うり》に似た果実や小さなスイカも彼らの貴重な「飲み水」だ。もっと凄《すご》いのは土中にひそんでいる砂ガエルなどからも水分を得る。

砂漠はとにかく暑いから生き物は昼のあいだみんな土中に潜ってじっとしている。ブッシュメンはそういう動物が地表に示すライフサインを生物ごとによく知っている。砂ガエルは、地表から十五センチくらいのところに潜っているから簡単に捕まえることができる。ピンポン玉くらいの大きさだ。

これを地中から引っ張りだすと片手にきっちり握って大きくあけた自分の口の上に持っていってカエルをギュッと絞る。砂ガエルの口から目グスリの一滴程度の体液が上をむいた人間の口の中におちる。十四も続ければ（気分的に）けっこうそこそこの水分摂取ができる。

ブッシュメンが主食の一部にしているのが砂トカゲで、これは頭から尾の先まで一メートルはあった。ブッシュメンも生食はせず焚《た》き火で焼いて食う。ぼくもその日の夕食としてゴチソーになった。ササミ系の味がしてけっこうイケル。

ただ今引っ越し中

アルゼンチンのウシュアイアは、この国最南端の港町——というよりも、世界最南端に位置する文字通り最果ての辺境地だ。アルゼンチンはナチの上級戦犯が多数逃げ込んだ地として有名だ。やつらはまさに地の果てまで逃げたのだ。ナチ狩りの人々によって何人も捕えられている。

チリのプンタアレナスから陸路国境越えをしてこの港町に入って来たとき、道路の行く先に家が一軒建っていた。二階建てのけっこう大きな家だ。この家の横をすり抜けて行けばダートな道になるが、行けないことはない。しかしそれにしてもそのけっこう大きな家は、なぜ道路の真ん中に居座っているのだろうか。さらに徐行運転していると、どうもその家が少しずつ前方に動いているように見える。車を停めてみると、はっきりその動きがわかった。

家型をした巨大変形自動車かとも思ったが、どう見ても車輪というものがない。車

車でチリからアルゼンチンに国境を越えた。
走っていくと道路のまん中に大きな家が建っている。
ややや？　と頭の上に？マークをいっぱいにし、
車からおりて前に回ったらこんなことになっていた。

から降りて前方まで歩いて行くと、この動く家の全貌《ぜんぼう》が見えた。写真にあるように大きなトレーラーがその家をゆっくり引っ張っているのだった。

その近くを歩いている地元の人に聞くと、ただ今この家の引っ越し中だ、という返事。引っ越しといったって道路の真ん中を家が動いているのだから、すぐには納得というわけにもいかない。人間が普通に歩くのと同じぐらいの速度なので、窓から家の中をのぞくことができる。驚いたことに人間が一人この家の中にいた。さらにそのまわりをよく見ると、家具などもごく普通に置かれている。

その日の夜、町のホテルの人に聞いていろいろ事情がわかってきた。この地球最南端の町は、いま急速な町づくりの発展中で、しかも国家の方針によって様々な産業をほぼ同時におこしつつあるという。そのためにとてつもない人手不足が常態化し、その一方で不況にあえいでいる労働者が一挙にこの地に押し寄せているところだとわかった。

しかし、それらの労働者を受け入れるための公共住宅の建設は遅れており、人々は山から木を切ってきて、勝手にそこらに自分の家を建て始めているところだった。土地は国のものだから、堂々たる不法建設ということになる。しかしそれをいちいち取り締まっていては労働人口不足はいつまでたっても解決しない。そこで行政はしばらく見て見ぬふりをしていたようだ。それをいいことに、不法住宅のまわりには同じような不法住宅がどんどん建てられた。でもそのままでは無法地帯となってしまう。そこで行政が一種の懲らしめの意も込めて時おり強制立ち退きなどの処置をするようになった。

しかし行政も、新規参入で住もうとする人々も、そのへんはいわゆるなれ合いの感覚で、家を壊さず適当なところに家ごと運ぶという、まあきわめてわかりやすいカタツムリ式引っ越しのようなものがあちこちではじまるようになった。

そのような風潮に対応して、新しく建てられる家は、まず床に大きな丸太を二本置いて、その上に住居を建設するという、言ってみればそり式の簡易住宅を発明していたのだった。

水脈さがし人

スコットランドはその名に由来するようにスコッチウイスキーが特産品で、国の経済にまで影響する。たくさんの蒸溜《じょうりゅう》所があって、それぞれの土地の名を冠したブランド名がついている。

スコットランドの北のほうに行くとスペイ川という中規模の川が流れていて、この水がスコッチウイスキーのそもそもの原料になる。川の水はきれいに透き通っているわけではなく、どちらかというと薄いコーヒー色に濁っている。このあたりの土地はピートという、太古の植物が積み重なった草の化石のような泥炭に覆われており、大体一万年前ぐらいのものだという。スペイ川の水はそのピート層の中を流れてくるので薄茶色になるのだ。この川沿いに蒸溜所が点在しているが、その中でもスコッチウイスキーを代表するのはシングルモルトの蒸溜所、ザ・マッカランである。

ある年、このあたりの蒸溜所を取材して歩いたことがある。そのザ・マッカランで興味深い話を聞いた。原料の水は今は川からの取水ではなく、そのあたりにたくさん流れている地下水からくみ上げていることが多いという。その地下水脈のありかを調べる仕事にダウザーという職業がある。日本語でいえば水脈探し人だが、いろいろな文献を読んで、日本にも昔、これと同じように井戸水を掘るための水脈探し人がいたことを知った。

その道五十年というマッカランに専属のダウザーがいて、水脈の探し方を教えてくれた。両手に細長い筒を持ち、その双方にL字型をした針金のようなものがLとは逆向きに入っている。ちょっとした力を加えればくるくる回るようになっており、それが水脈探しにモノをいうらしい。

ダウザーはスペイ川近くの草原にぼくを案内してくれた。その簡単な装置を両手に持って、まず周辺を見回し、たぶん長年の職業的な勘がそこで働くのだろう、ここぞ、と思うところにダウザーが歩いて行くと、両手に持った筒の中の逆L字型の針金のようなものが同調した動きで右や左を指し示す。どんどん歩いていくうちに、その両方の指針となる針金が中央に向いていき、やがてカツンとぶつかる。その下に豊富な水脈が流れているというのだ。

ダウザーはそのあとポケットからちょうど鎖付きの懐中時計のようなものを出し、

その地点の上でゆっくり回転させた。しばらくした後、深さは大体七、八メートルですよ、と教えてくれた。実際にそこを掘るわけではないので、意地の悪い考え方をすれば、まあなんとでも言えるなと思うが、その人はれっきとしたマッカランの契約人であるから、その一連の動作がまさしく水脈探しの基本なのだろう。

帰国していろいろな本を読んでみると、同じような方法（原理）で水脈を探している例が日本を含む各国にあり、ぼくは大きく頷《うなず》いたのだった。

水脈探し人ダウザーがスペイ川近くの草原を案内してくれた。
両手にパイプ状の筒を持っている。
そこに差し込んだ逆L字型の金物がクルクル回って指針となる。

遊民

カイラスへの巡礼者

チベットのラサから、彼らが神の山とあがめている聖山カイラスまで約千キロある。この山はチベット密教の他にヒンドゥー教、ボン教、ジャイナ教などの聖山ともされていて、四季を問わず、各国、各地から巡礼がやってくる。高度は全行程四千メートル以上であり、ときに五千メートル級の峠もあるから、なかなかの苦行である。

巡礼行でいちばんきついのは、五体投地拝礼という、時おりテレビなどで紹介されているからご存知の方も多いだろうが、立って両手を高く天に差し伸べ、膝《ひざ》を崩して上半身をそのまま大地に叩《たた》きつけ、それから体を前方に引き上げて立ち上がる、そしてまた同じことを繰り返す荒行だ。自分の背丈のぶんだけ繰り返し聖山に向かって拝礼していくという訳だから、千キロ行くのには、年齢や体力によって一、二年かかる。

楽しそうなのはトラックの荷台に二、三十人乗り込んで、荷台のまわりにやかんだの釜《かま》だの衣類だのを満艦飾のようにぶら下げてやってくる巡礼集団だ。チベット各地の村からやってくるのだが、村の集団旅行のようなものであり、荒い高山ルートをトラックで揺れながらみんなで歌など歌ってごとごとやってくるのもここらの風物詩のひとつだ。

金持ちの巡礼は四輪駆動車などで突っ走ってくる。日本のランドクルーザーをけっこう見かける。中古を手に入れて、手入れしながら使っていて、走行距離二十万キロなどというのはまだ新しいクチだ。

馬でやってくる巡礼もいる。驚いたのはお母さんが赤ちゃんをおぶって、ねんねこを羽織って、勇壮にパカポコやってくる風景だった。自分の飼い犬と一緒にやってくる、一見気楽な犬の散歩ふうの巡礼も見る。

多くの巡礼は野宿で、背負っている荷物は簡単な寝具と食器ぐらい。食べ物はこのあたりに点在している遊牧民に交渉し、多くは物々交換だ。都市部のラサからやってくる巡礼たちはサングラスや裁縫に使う糸や針などを大量に持ってくる。みんな遊牧民が喜ぶもので、これらで羊の足一本などと交換したりするのだ。

カイラスへの巡礼はチベット仏教の信者にとっては一生に一度の喜びに満ちた人生の大修行である。一方で大修行ゆえに年配の巡礼者が行き倒れになる場合もある。チベットは施《ほどこ》しの文化なので、そういう巡礼には他の巡礼が介抱したり手持ちの食料や路銀を与えたりする。

この写真に写っている二人はリヤカーを改造した四輪車をロバに引かせて実に軽快そうで、真っ黒に日焼けした顔つきも陽気で明るい。この二人を見て、昔の映画「イージー・ライダー」をなんとなく連想してしまった。

基本的に苔《こけ》はあるが動物の食べられる草はあまり生えていないルートを行くので、ロバの餌の確保が難しいが、それもなんとかうまくやりくりしてチベット版イージーライダーの二人は着々と目的の神の山に近づいているようだった。

リヤカーを改造した四輪車をロバに引かせて実に軽快そう。
人間が目的の地に進んでいくのに何の規則もない。

チベット遊牧民のテントの中

チベットのラサからカイラスへは、だいたい高度四千から四千五百メートルぐらいのところを移動していくことになる。もう森林限界を過ぎているので樹木は見当たらないが、特別条件のいいところに動物が食べる草がそこそこ生えている。このあたりに住む遊牧民は、その草を食べるヤクという高地に順応した毛足の長い怪物のように巨大な牛を飼っている。彼らは黒いヤクの毛で編んだぶ厚い布でテントを作り、そこで生活している。

あたりに動物の餌となる草がなくなれば移動するが、動物たちはどんどん草のある奥地に進んでいき、まあたいてい自分で戻ってくるので、モンゴルの遊牧民のように居住地を大きく移動していくことは少ない。

黒地のテントは低い高さで細長く張られ、そのいたるところをロープでとめている。ロープの張りを調節するために小さな木をつっかい棒にしているので、遠くから見る

スパイダーテントの中に入れてもらった。
中央に牛の糞を燃料にしたコンロがあり湯を沸かす。
天井に煙を逃がす穴があいていた。
雨などまず降らないから問題ないのだ。

となんとも怪しい巨大な黒い平《ひら》グモのように見える。それでこのテントは通称スパイダーテントと呼ばれている。

その中に入らせてもらった。中央に牛の糞《ふん》を燃料にしたコンロがあり、そこで湯を沸かしていた。彼らは時間があるとお茶を飲んでいる。空気の薄い高山では地表よりも常に大量の水分を補給していなくてはならないのだ。

このコンロではヤクの乳なども温めたりする。彼らの主食はツァンパという裸大麦の粉で、これを軽く炒《い》って、温めたヤクの乳を入れて混ぜ、ダンゴ状のものを作る。これは遠くへ行ったヤクを探しに馬で行くときの弁当にしたりもする。

ぼくは世界でいろいろなものを食べてきた。日本ではとても口にできないようなものを含めて、火さえ通っていれば寄生虫の心配をしなくてもすむので、味はべつにして、とにかく生きるために食べてきたこともあったが、このツァンパだけはどうしても食べることができなかった。慣れればムギコガシのようなものだから結構おいしいという外国人もいるのだが、ヤクの乳で練ったダンゴになると、その異質感がやはりどうしてもだめなのだった。

でもチベットの遊牧民はそのツァンパを素材にしたものとヤクや羊の肉だけでみんな見事に健康に暮らしている。野菜などはまずないし、それを売っているところなども全くないのだ。それでもめったに病気にはならないという。

ただし、どの人も生まれてからずっと太陽光線を浴びている。四千メートル級の高山ともなると生活は雲の上だ。チベットの旅はいつもすさまじい太陽の光を浴びる。だから定住している人は、とくに目を患っている場合がけっこう多いようだ。病院は都市に行けばあるが、行き帰りで平均千キロぐらいは歩かなければならないのだから無理な話だ。

厳しい環境の中でたくましく生きているこの山岳民族にはつくづく感心する。

スパイダーテント

前項のつづき。

かつては四川《しせん》省などもチベット領だったから、そのスケールは日本の六倍ほどにもなっていた。平均高度四千メートルという、富士山よりも高いところだから、空気もそれだけ薄くなる。もう雲の上になってしまうからめったに雪が積もることはなく、逆に太陽に近くなるから、気圧が安定していると真冬でも暑いくらいの日差しになる。けれど、この高度ぐらいになると、昼夜の寒暖の差は激しく、昼はプラス二十度、夜はマイナス二十度などというのが普通である。

一一三ページの写真に写っている真ん中の黒いものが、前項で書いた遊牧民の住居――というか簡易テントの外観だ。全体をヤクの毛で覆っているので冬場の夜の極寒にも十分耐えることができる。

近くで見ると全体を支えるためにたくさんのロープが延びているので、巨大な蜘蛛《くも》に似ている。この平蜘蛛型のテントに入ってお茶などふるまってもらったが、たいてい中央に囲炉裏があって、そこで肉を煮たり焼いたりしている。内側のロープが煙突を支えているが、その日の風向きによって自由に動かすことができるので、中が煙で充満することはない。

チベットには三回ほど行ったが、ラサからカイラスまで千キロの道のりの途中にこうしたテントがいくつもあり、数年おきに行ったとしても同じ顔触れの家族と会うことが多い。この地には延べ三、四年にわたって旅をしているぼくの妻がいつもリーダーである。彼女はラサ↕カイラスに何度も来ているので旅の道々知り合いの遊牧民がけっこういて、互いに再会をよろこびあっていた。そういうことを見越して、彼らにおみやげを持って行く。一番喜ばれるのは縫い針や糸、爪切り、ナイフ、手鏡、ミミカキ、サングラスといった実用品で、それをもらってすすけた顔をほころばせる遊牧民たちをよく写真に撮らせてもらった。

毎日強烈な太陽光を浴びているから、真っ黒に焼けた顔は老人そのもので、歯などもかなり抜けているが、年齢を聞くとまだ四十代だったりする。そんな彼ら、彼女らのしわくちゃ顔からは、その地で生まれ、その地で育ち、その地で生を全《まっと》うしていく、人間の尊さが感じられた。

泊まっていけ、とすすめられるが、泊まるとなると彼らの寝場所を狭めていくことになるから、御礼だけ言うことにしている。そうして再出発するのだが、お土産に持っていけ、と羊の足などを一本もらったりする。乾燥して風がよく吹いている地を行くから、肉がすぐに腐敗することもなく、その日の夜から我々の焚《た》き火キャンプの食事の主役となるのだ。

真ん中の黒いものは、スパイダーテントと呼ばれる遊牧民の住居だ。
このまわりに彼らの放牧しているヤクや羊などがうろついている。

中央アジアのカーフェリー

中央アジアにはいくつもの川が流れていて、それらが冬季から春を迎えて起きる雪どけの濁流によって、広い草原にいくつかの分流を作ることが多い。乾季になると、あの大河が！　とびっくりするくらいちょろちょろした小川になってしまうこともあり、古い地図と比べてみると、中央アジアの河川はおよそ十年おきぐらいにその流路を変えていることがよくわかる。

中央アジアの真っただ中にもいくつかの村が点在しているから、それらの人々や物資の移動が、この自然現象による思わぬ大変化によって影響を受ける。たまたま訪れたときが氷河流水の落ち着いた時期であったりすると、川の流れはさほど激しくもなく、静かな湖のように見える場所もけっこうある。

ほとんどの川には橋というものがない。これは雨季の増水期には有用だが、乾季には全く無用の長物となってしまうから、そういうものには頼らず、行き来するには船

船頭が原始的な櫓を巧みに動かす即席のカーフェリー。
川の両岸にワイヤーを張ってそこに簡単な滑車のようなものをつけ、
安定して移動していくものもある。

がいちばん便利な乗り物になる。旅する人々や商用でかなり遠方まで行く人々は船に乗って行けばなんの問題もないのだ。困るのは車の通行経路が、橋がない水路によって断たれてしまうことである。

そういう旅をしているときに、なるほど、と感心したのは、一一五ページの写真である。二艘《そう》のほどよい大きさの船を使って、その上に鉄板を何枚か並べて敷いて、まあ、たとえにはだいぶ差があるが、つまりは航空母艦のような格好にする。桟橋から延びていった先に、やはり鉄板のスロープを備え付け、四輪駆動のセダンクラスの車ならば三台ぐらいそこに乗せてしまうことができる。簡単に言えば、即席のカーフェリーだ。

大型トラックも一台ずつぐらいならその方式で渡河できると聞いた。人間は何かに困ると、こんなふうにいろいろ工夫して、結局はうまく目的を果たすことができるのだ、ということを、旅をしているとあちこちで見て学ぶことが多い。

ここよりも小さな川では、対岸との間にワイヤーロープを固く張り、そのロープ沿いに動力のないフロートを何本も集め、車を乗せて行き帰り運ぶという風景も見た。その渡河は人間も同じフロートに乗って移動するのだが、ぼくが見た時は小さい川ながら、かなり強弱のある濁流になっていたので、フロートは川の真ん中あたりで激しく上下左右に傾いていた。もしそれに突風などが加わったりすると転覆はたやすいな、と思うような恐怖があった。

船頭が原始的な櫓《ろ》を巧みに動かして、フロートの進路を安定させて、なんとか転覆もせずに向こう岸に渡ることができた。この簡単カーフェリー方式は中流から下でないとなかなか成立しないという話も聞いた。上流は流れがはやすぎるのだ。元々大雑把な仕組みではあったので、そんなことも当然だろうと思った。

マサイ族のひまつぶし

　アフリカのマサイ族はみんな槍《やり》を持っている。子供でも持っている。彼らの仕事は遊牧が多いが、いわゆる防護（柵《さく》とか電撃装置のある囲い）のまったくないところに家畜を放っているのでいつ野獣に襲われるかわからない。そのためにも槍は必要だ。

　実際には家畜を襲う野獣は群れの背後からとか夜間などにしのびよって来るので、実戦にはもう槍はそれほど役に立たなくなっているが、そうであっても持っていないと不安、ということもあるのだろう。

　マサイ族は長身が多いし、そういう状況だから目が殺気だっている。サバンナの細い通路をマサイ族とすれ違うとその殺気でこちらの精神がフルエル。

　写真を撮られるのがとくに嫌いで神経質なところがある。槍をむけられるので普通の感覚ではまず写真など撮れない。

　それでもマサイはけっこうイタズラ好きなところがある。一二一ページの写真は近くに象の群れがいたときのものだ。

ちなみに象を怒らせると、これは別の意味でマサイ族よりも恐ろしい。なにかの不都合があって象に追われたらもう助からない、といわれている。なぜなら象の走るスピードはその巨体に似合わず速いからだ。木かなにかに登れたとしても、本当に怒った象はその木に体当たりしてくる。

だから象は絶対に怒らせないことだ、と比較的おとなしいキクユ族に教えてもらった。

さて、このけっこうめずらしい写真は家畜を追いに出たマサイ族と象の群れがはちあわせしたときだ。象もマサイもいたずらにケンカすることはないから、出会いがしらになってもお互いに「しらんぷり」をしていることが多い。

相互に刺激しあわなければ平和なのだ。

ところが子供もつれているこの五人はそのときヒマだった。

ヒマといえば家畜の放牧にいくマサイ族はねんがらねんじゅうヒマなのであるが。で、近くにいる象の群れにかれらは石を投げてはこうしてしらんぷりを決め込んでいる。象はどこから石が飛んできたかよくわからない。象と象同士、いろいろ話し合っているみたいだった。結局、誰が投げたかは判明しない。

で、すこしたつと石が飛んできたのを忘れてしまう。マサイ族はそれを盗み見て仲間うちでクスクス笑うのだ。しばらくするとまた別のマサイが象に石を投げる。同じことがくりかえされる。

みんなで一斉に石を投げたら利口な象にはその五人組が攻撃者だ、ということがわかるからそのあとはタタカイになる。

さっきも書いたように象が走ってせめてきたらマサイといえども勝ち目はない。キクユ族にきいたら、そんなときはマサイの五人組はそれぞれ別方向にむかって逃げるらしい。象は五組にわかれて攻撃する、というほどまでは敵対感覚はないからこの勝負、イタズラマサイの勝ち、ということになるのだ。

マサイはけっこうイタズラ好き。象の群れに石を投げてしらんぷり。
象が気がついてないと知ったら何度でもイタズラをする。

手招きするマサイ族

ケニアとタンザニアを旅しているとき、マサイ族に時おり出会った。長身、足長、眼光鋭く、男は片手にかなり鋭い槍を持っているのが通常のスタイルだ。常に危険な猛獣がいるエリアを歩いているからだろうし、かつては小さな部族ごとのいさかいもあって常に身構えていたらしいから、遠くの道からそういうマサイの戦士らしき男がやってくるのを見かけると、もう視覚として緊迫感が伝わってくる。草原の中の細い道などを歩いて来るマサイの戦士とすれ違う時など、あまりのカッコよさに写真を撮りたい、と思うのだがそんな心の余裕はない。

ところどころにマサイ族の村がある。泥土と牛の糞《ふん》をこね合わせて作ったものが彼らの家の素材だ。たいてい大きな円形を描いてそうした家々がすき間なくびっしり立ち並んでいることが多い。家と家の間にはとげのいっぱいついた木の枝などがぎっしり詰められている。それは猛獣などが入り込んでくるのを防ぐための防護的な垣根で

列をつくって合唱しているのは、マサイ族の女性ばかり。
みんな普段着のようだったが、
カラフルな長衣がよく似合っていた。

ある。集落の出入り口にもそうしたイバラの門がうまい具合に蛇腹式に組み込まれていて、彼らの飼育している牛などの家畜の保護も兼ねている。

そうしたマサイ族の村に入っていくことはなかなかできないが、ある場所ではいやに歓迎的で、入り口近くに大勢のマサイ族が並び、まるで意味は分からないが、もてなしの歌らしきものが聞こえてくる。よく見ると、一列に並んで合唱しているのは、マサイ族の女性ばかりで、つまりは夫らが牛の放牧に行っている間のヒマな時間らしかった。

我々五人のチームに向かってこっちに来いとしきりに手招きする。男たちが誰もいなくなった、いわば女だらけの村に入っていくのもどうかと思ったが、彼女らは歌いながら笑い顔なども見せるではないか。そこまで歓迎されているのならば、ちょっとだけお邪魔しようかという気分で中に入っていくと、彼女らは我々を取り囲み、口々に何事か、感覚的には「歓迎」の意ととれる動作や声音で、どこからかたくさんの装飾品のようなものを引っ張り出してきて、我々の腕をつかまえてそこにじゃんじゃんはめていく。よく見ると、安っぽいビーズ玉をつなげて作った大小のブレスレットだった。そこでなにを言われているのか意味がやっと分かった。彼女らは日ごろ内職でそのようなものをせっせと作り、通りすがりの我々のような、少々マヌケな武器も持たない観光客に、強引に売りつける客商売をしているのだった。

値段はもう忘れてしまったが、邦貨にして二十円とか三十円という程度のものだった。ぼくは彼女たちの写真を撮りたかったので、言われるままに左右の手に十個くらいの安物のブレスレットをつけて、その見返りという具合に、滅多に撮れないマサイのご婦人方の生のままの顔写真を何枚も撮らせてもらったというわけである。

戦士のようなおっかないマサイ男の留守の間の女社会に忍び込んだようでちょっと気が咎《とが》めたのだけれど。

異次元

砂漠の塩の川

暑かったこの夏、見上げると雲はきれいになくなって、頭上にはギラギラむき出しの太陽が怒っているように輝いている。それを見て、三十年前にタクラマカン砂漠を行く探検隊に加わり、一か月ほど毎日砂漠をクラクラしながら進んで行った頃のことを思い出した。

いくつかの物語にあるように、昔は何十頭ものラクダに人間や荷物をのせてルートを進んで行ったようだが、ちゃんとした準備と知識がないと、普通は生きて帰れなかったのだろうなと実感した。我々の時代は四輪駆動車の隊列で進んでいくが、はっきりした道などはまったくない。当時でも地図とコンパス、そして太陽の位置を頼りに進んでいくしか方法はなかった。

ちなみに現地に行ってわかったのだが、「タクラマカン」とはウイグル語で「一度入ったら出られない」という意味なんだという。どうも困ったハナシだ。もっと優しく、一度来たらばまたおいで、なんていう意味だといいなあ、などと日本人探検隊員と話をする。

　車の中での前後左右上下にガタガタ揺れる中での会話で、乗っている我々の気分としては洗濯機の中のパンツのようなものだ。あまり激しい揺れのところでへたにしゃべっていると本当に舌をかみそうになる。

　その遠征旅の最終目的地はシルクロードの要衝である楼蘭《ろうらん》だ。この聖地に入っていくのは外国人探検隊としては七十五年ぶりと聞いていたから、その先の情報が何もない中をただ進んでいく。

　ぼくが最初に非常に驚いたのは、進んでいく目の前に真っ白な氷の川らしきものが見えたときだった。砂漠の中の氷の川なんてありえない。だれも予測していなかったし、物理的に考えて、そんなものがあるわけがない。でも激しく蛇行するその白く光る川はまさしく氷が張った川としか表現のしようがなかった。

　探検隊の車列はその川の手前で停まった。気持ちをせかしながらカメラを持ってその川に近づいていく。足元の砂は固く引き締まり、川の輪郭がびっしり固まっているように見えるのが不思議だった。川はくまなく氷が張りつめている。恐る恐るその川に手を入れると、想像したような冷たい氷の流れなどではなく、ずぶりと両手をその中に差し込むことができる。次から次へと予想もしない変化の中で、やっとその川の正体がわかった。太陽に白く光る氷と見えたものは全部塩だったのだ。砂漠を流れる塩の川だ。

いや、その後いろいろな自然現象や自然科学の本を読んで理解したが、その塩は決して流れているわけではなく、以前川だったところがじっくり塩に変わってしまっただけなのだ。淡水であっても、長く太陽の下にさらされていると、地中から塩分が湧き上がってきて、やがて淡水の川を、全部動かない塩の川にしてしまう。

ひとつまみとって口に入れると、天日干しの塩田の塩というわけだから、からい中にもちょっと甘みのある、旨《うま》い塩だった。アジなんかをよく焼いてこの塩をフリかけて食ったらうまいだろうと思い、写真のフイルムのパトローネを入れる密閉できるケースに塊を二つ三つ入れてきたが、湿った国に帰ってくるとベタベタで使いものにならなかった。

昔の砂漠の旅人はアジの塩焼きなど食わなかったのだろうなあ。

目の前に真っ白な氷の川らしきものが見えてきた。
一度入りこんだら何がおきるかわからない未知のルートなので、
砂漠に氷の川が流れているなんてこともあるだろう、
などと考えてしまった。

タクラマカン砂漠の白骨林

時折この写真を引っ張り出して眺めることがある。この方向だけでなく、ぼくのまわりにはまったく人間の姿はなく、どれもこれと同じような枯木がはかない魔力のようなものを放って突っ立っている。まわりに人の姿が絶対にないと言い切れるのは、この枯木林の中に一人で入り込んで行ったからである。

古い写真だ。一九八八年に日中共同楼蘭探検隊の一員として中国のタクラマカン砂漠の奥地にある、二千年前に滅びた楼蘭故城に片道一か月がかりの旅をしていたときの写真である。まだ目的地の楼蘭に入る二十五キロ前の最終キャンプ地の夕刻、我々のまわりには立ったまま枯れた木の白骨林のような風景が広がっていた。

探検隊に同行している植物学者に聞くと、おそらく千数百年前までは緑の枝葉をつけたタマリスクだろうという。乾いた砂漠に強いこのエリア独特の植物だが、二千年前ぐらいまではこのあたりにはまだところどころに川が流れ、それがスウェン・ヘデ

2000年前に立ち枯れたタマリスクが風にもの悲しい音をたてている。
楼蘭に砂の王国があった頃、
このあたりは緑ゆたかな風景だったのだろう。

ィンの探検記で有名なロプノール（さまよえる湖）に注いでいたらしい。ノールとは湖のことをいうが、その時代にはタクラマカン砂漠のこのあたりを琵琶湖《びわこ》の数十倍の広さで潤していたという。

その当時はこのあたりにロプ人という原住民が住んでいて、川や湖から魚を得、耕作可能な土地では麦の仲間を育て、最終的には粉にして食べていたらしい。それらの様子はヘディンが数冊にわたって書いているこの周辺の探検記に詳しい。元々ヘディンがロプノールを〝さまよえる湖〟と称したのは、湖が数百年の周期でことは全く別なところに移動しているということを、探検によっていくつかの事例を挙げながら証明しているからだ。

この白骨のような立ち枯れの林は見渡すかぎり広がっていて、風の強い日はひょうひょうと小さな擦過音をたてる。テントの中でその音を聞いているのはなんとももの悲しいものであり、もしかして二千年の時を経て、何かの偶然で青い草の芽など生えてきていないだろうかと、このキャンプ地にいる間毎日あちこち探ってみたが、それはむなしい死んだ林の中の散歩で終わってしまった。

それよりも、そんなことに気を取られてこの死んだ林の中に深く入り込んでしまうと、我々のキャンプ地がどの方向にあるのかわからなくなってしまい、結果的には最悪の状態になる不安もあった。

　この白骨林とでも呼ぶようなところから目的地に向かって出発すると、そのあとは白い木のミイラとは出会うことはなかった。そのかわり常に吹きつのる風によってできた砂によるさざ波が、やはりそれもじっと静止したままどこまでも続いている海のような砂漠地帯に入った。それは最終キャンプ地に着くまでの間、一日中かわらない風景として続いていた。

パイネの牙

世界で一番気に入っている場所は、チリのパタゴニアである。今でこそアメリカに同名のアウトドア用品メーカーができてその製品が日本にもいっぱい出てきているから知名度も高くなったが、ぼくが初めて行った一九八〇年代前半の頃は、知名度はおろか地名すらおぼつかなかった。その所在地すら殆《ほとん》ど知る人がいなかったのだ。それは世界のどのあたりにある国かね、などというような会話ぐらいしか出てこなかった。

パタゴニアは国ではなく、アジアとかオセアニアなどといった広大なエリアを示している。具体的には南緯四十度以南のチリとアルゼンチンの細長い広大なエリアで、そのほとんどが秘境といっていいほどの辺境の地だった。初めて行ったとき、そこで出会ったのは日本人の感覚では許容できないようなとてつもないスケールの氷と雪の原野であり海であり、広大すぎる大地と空であった。

とてつもなく広いエリアであるから、要所要所だけでも目にしていくには一年間ぐらいかかると言われた。チリとアルゼンチンは南米大陸の先端に向かって恐竜の尾のように国境を接して伸びているのだが、その国境となる海の部分は、マゼラン海峡やビーグル水道であった。その名の通り、マゼランやダーウィンがまだ安全な海の水路がはっきりしていない頃に探検隊として海路を切り拓《ひら》いていったのである。

パナマ運河が拓かれるまで、太平洋と大西洋をつなぐ海路は、これらの海峡を移動してケープホーンを越えるしかなかった。そしてケープホーンと南極の間には三百六十五日嵐の海といわれるドレイク海峡がひろがり、ここを越えるのに列強の帆船をはじめ民間人のヨットなど、数え切れないほどの船と人が海に沈んだ。

そうした壮絶な歴史や、他に類のないアンデス山脈の長大かつ荒々しいつらなりにココロを奪われ、以来何度もこのパタゴニア原野への旅を繰り返してきた。

一三九ページの写真は、パタゴニアの荒々しさを示す巨大氷河がアンデス山脈を切り裂いていった痕跡《こんせき》を示すパイネ山群である。この地球の乱杭歯《らんぐいば》のような形をした山容は、その間を巨大な氷河が通り過ぎていく際に削りとられてできたものなのである。当然ながらパタゴニアを象徴する景観のひとつであり、パタゴニアに行ったらパイネを見なければ意味がない、とまで言われているものである。

日本とは季節が完全に逆転しているので、この写真はパタゴニアの夏に撮ったものである。

冬には馬で入っていくしかない。それも厳冬になるともう人も馬も入れなくなる。何度かここに通っているうちに氷河へのアプローチエリアまで馬で登っていったことがあるが、ある程度のところまでしか進むことはできなかった。写真の左側の岩峰の中程まで進んだら、そこから先の谷間からモーレッツなキバのような風が吹きあがってきて馬がみんなうろたえていた。ぼくは乗っている馬が氷のついた岩で滑らないようにあやつるのに必死で、そのおかげであまり恐怖は感じなかった。氷は固くしまっているので、馬の四肢に巨大なアイゼンをつけなければもう無理だ、とこのパイネをよく知るアルピニストが笑って言った。ぼくも命が惜しいからすぐにうなずいたものである。

パタゴニアの荒々しさを示すパイネ山群。
このV字型にえぐれたところを
いくつもの氷河が岩を削りながら通過していった。

パンタナールの牛追い

ブラジルのパンタナールは世界最大の湿原だ。日本最大の湿原は尾瀬《おぜ》ヶ原《はら》だが、あんなかわいらしいスケールのものではなく、日本の本州ぐらいのとてつもなく巨大な、しかも場所によっては危険なところだ。

野生動物で頻繁に目にするのはワニで、湖沼があるとその中にはワニがうじゃうじゃいると思っていい。変温動物のワニは水の中と陸をうまく使い分け、陸に上がっているときはみんな並んで、要するにひなたぼっこをしている。いくつか流れている小さな川にはピラニアがたくさんいて、季節と場所によっては渡るのが危険な場合がある。

このパンタナールでぼくは本当のカウボーイの仕事をした。約五百頭の牛を四十キロほど離れた牧場に運ぶという仕事で、ぼくも馬に乗りテンガロンハットをかぶり、群れのいちばん左の後ろを担当ポジションとして与えられた。西部劇などで見ていて、いつか体験したいとあこがれていたことがついに実現したのだが、しかしあのカウボーイ（ブラジルではピョンという）という仕事は思っていた以上に厳しかった。まずかなり大型の馬を自在に操らなければならない。牛は隙があると群れから逃げ出し、付近の木立に入り込もうとするから、しんがりといえども油断ならないのだ。

ぼくは世界各国で馬に乗ってきたので馬を御することはできたが、牛はベテランだろうが新参者のカウボーイだろうがお構いなしに隙をうかがって逃げようとする。逃亡牛を見つけるとそれを追って行って、逃げた牛の背後に回り群れに戻すのを何度もやる。

二泊三日の旅だったが、ぼくがカウボーイの旅にあこがれていたのは、映画などでよくみるように、夕方になって焚《た》き火を囲み、みんなとその日のことを話しながらウイスキーなど飲み、誰かがギターを弾く、なんていうことを密《ひそ》かに楽しみにしていたからだ。

ところが、一日中仕事として牛を追っていると、その日の行程が終わったころには全身ががたがたになっており、馬から降りると早くも足はガニマタ化し、普通に歩けるようになるまで二、三十分かかった。もう焚き火をやる余裕もなく、乾燥肉を混ぜたごはんを食べたら、みんな寝てしまうのだった。

翌日、リーダーから今日はこのルートで一番大きな危険な川を渡るので、そこで事故を起こさないように注意しろ、という指示があった。ピラニアがたくさんいる川を渡るのだ。牛たちもそのことを知っているのか、なかなか川へ突進していかない。カウボーイたちはピストルを鳴らし鞭《むち》で大地を叩《たた》き、牛たちを川へ追い込む。ピラニアが多いときはいちばん年老いた牛を殺して、そこにピラニアを集中させ、その隙に渡るという。その日は子牛もずいぶんいたので、これも狙われやすい。川に入ると人間の下半身も水の中だから、こっちだって全く安全ではないのだ。

食いつかれるものもなく全部渡り切ったとき、それまでぎこちなかったカウボーイ仲間とそれぞれ笑顔を交し合えたのが嬉《うれ》しかった。

カウボーイたちはピストルを鳴らし牛たちを川へ追い込む。
ピラニアのいる川を本能的に怖れているらしく
牛はなかなか渡ろうとしない。
やがて大型の強そうな牛からしぶしぶ突入していくようになる。

続・パンタナールの牛追い

パンタナールはアマゾンと隣接する世界最大の湿原である。ここには野生動物や、遊牧民が育てている牛、馬、羊、ヤギなどがいて、それらの群れがいたるところで無尽蔵とも思える草をむさぼっている。牛や羊などは牧畜業者によって放牧管理されていて三百頭から千頭ぐらいの数を移動させるので、カウボーイにそれぞれ囲まれて大集団が移動していくのである。

けれど西部劇映画で見て感じるほど生易しいものではないことをいやというほど知り、その体験について前項で少しふれた。

実際に二泊三日のカウボーイ仕事をやってみると、彼らがみんなネッカチーフやテンガロンハットで身を固めている理由がいろいろわかってきた。ネッカチーフはおしゃれのために巻いているのではなく、湿原の中でも乾いた場所にさしかかると猛烈な砂ぼこりがわきあがり、それに対処するため鼻や口を隠すのだ。テンガロンハットは、川などを渡るときに、馬に乗ったまま両手でつばをつかんで水を汲み飲むのに便利だ。飲みきれないときはそのままかぶれば、頭や顔がひんやりして心地いい。つまり、あれらは伊達男《だておとこ》を気取るのではなく、はっきりした多目的な実用品なのである。

アウトドアの旅などでは取っ手つきの金属のカップなどが必需品とされているけれど、そんなものは取っ手をきちんと止める装置などがない限り、激しい馬の振動ですぐにどこかへ飛んで行ってしまうだけのものだと気がついてくる。

この世界一の大湿原にはたくさんの野生動物がいる。いちばん怖いのはジャララカという大型の毒ヘビで、湿地帯を行くときは注意する必要がある。ブラックマンバという猛毒ヘビは馬と同じくらいのスピードで追いかけてくるというから油断がならない。

時折、子ブタのようなものに出会う。カピバラで、子ブタぐらいの大きさの世界最大のネズミだ。ちょっとムーミンのような顔をしていてなかなかかわいい。カピバラの肉はやわらかくてうまいというので、カウボーイの中には残りコースが短くなってくるとこれをつかまえて、食事係に渡したりしている者もいる。

ところどころに大きな沼が広がっており、当然ながらここは野生動物たちの水飲み場として多くの生き物が集まっている。変温動物のワニなどが沼のまわりにびっしりと並んで甲羅干しをしているが、ピヨンが近づいていくとみんなバシャバシャと沼に逃げていく。この写真はまだ子供のワニと、それを狙っている鳥の対決前の写真だ。たいがい、まだ背中がやわらかいワニが鳥につつかれて負けてしまうという。

子供のワニと、それを狙っている鳥の対決前の写真。
果たしてどうなるか興味をつのらせたがゆっくり見ているヒマはなかった。

パンタナールの動物

パンタナールでの牛追い旅の続き話。

アメリカのカウボーイとは違って、アリゾナやテキサスの風景とはまるで違うところをずんずん進んでいくことになる。世界で最大の湿原であるから、風化した土の山や谷などはなく、全体に高低差も少ない。荒れた草原と泥の湿原らしく、湖とも沼ともつかない水域がけっこう点在している。

そのあたりには必ずワニの集団がいて、何も危険がないと、変温動物であるだけに甲羅干しをしている。牛の大群と馬の我々一行が近づいていくと、ワニはものすごい速さで水の中にごそごそ逃げていく。牛や馬には最初からかなわないと思っているらしく、ワニは逃げ、牛や馬たちは構わずそのあたりをどかどか進んでいく。馬に乗っている我々もそういうありさまを見ると、不思議とオソロシイという感覚はなく、なんとなく堂々とした気分で通過していくのである。

甲羅干しをするワニの集団。
小さな沼地の周りにはワニが必ずこのようにして
大群をつくってじっとしている。
我々はそのまん中をどしどし進んでいくしかない。

沼地だからヘビ類もけっこういる。途中で二メートル以上あるヘビがのそのそ這《は》っているのを見た。誰かが、あれはスクリュージュだと言った。スクリュージュとは水ヘビという意味で、通称はアナコンダ。しかし二メートルというとアナコンダの赤ちゃんで、牛や馬の大群に逃げ場を失っているようだった。

興味があったので馬から降りて、そのアナコンダの赤ちゃんのそばまで行ってよく観察した。面白いもので、二メートルのヘビといったら日本では大蛇《だいじゃ》だなどと言ってさわぐところだが、アナコンダの赤ちゃんはそばでよく見てもやはりおとなしく、なんというか、かわいらしくもある。たくさんの大型動物に囲まれてすくんでいるようだ。

それよりも恐ろしいのはプーマ（アメリカライオン）で、これはたてがみこそないもののいかにも獰猛《どうもう》で、カウボーイたちもみな恐れをなしている。でもプーマのほうも牛や馬たちのこれほどの大群にはそれなりに怖気《おじけ》づいているようで、昼間に姿を現すことはない。

時々こうしたワニの群れから離れてカピバラの五、六匹がなにやら茫然《ぼうぜん》とみんなで立ちどまって静止しているのを見ることがある。これはワニたちの餌になり、人間も銃で撃って捕らえていく。その日の夜の豪華な夕食になるのだ。味は意外とアクのない豚肉のようなもので、いいところの肉を焚《た》き火であぶって食べるとなかなかうまい。

カピバラには、なんという名前か忘れてしまったが、特定の鳥がいつもその周辺にいて、時おりカピバラの頭や背中の上に登っているのを見る。カピバラの表皮についている虫などを食べているのだろう。カピバラもそんな鳥を頭の上にのせて平然としているのがなんともユーモラスである。おとなしいし捕まえやすいし、そこそこうまいので、こちらにやって来る狩人《かりゅうど》たちの格好の獲物となり、激減しているという話を聞いた。

アトカ島にて

ずいぶんいろいろな国々の辺境といわれるようなところを旅してきたが、最近はようやく落ち着いて、そうした昔旅した遥《はる》かな場所のいくつかを唐突に思い出したりするようになった。旅先で撮ってきた写真などを見ると、数十年前のものであってもその時々の空気感を鮮烈に思い出すことが多い。

それらの多くは数十年の時をへると、それなりに大きく変わっているのだろうが、場所によってはまったく変わらない風景のままで、再訪する旅人の胸を激しく躍らせてくれたりする。

この写真はアリューシャン列島のアトカ島という小さな島の漁師町の秋のはじめの頃の風景だが、ここへは十人乗り程度の飛行機でアラスカから飛ぶ以外は、漁船などをチャーターして行くしかたどり着く方法はない。このあたりにはたくさんの島が、文字通り列島となってとびとびにつながっており、有人島の方が少ない。

アリューシャン列島のアトカ島にある漁師町。
ロシア正教の教会を中心にして十数戸。
これから本格的な雪と寒さの季節を迎えるのだ。

このロシア正教の様式そのままの教会は、かつてここらの一帯がロシア領であったことを示している。住んでいる人々は、今は残留ロシア人やアメリカ人、混血のネイティブぐらいで、漁業しか仕事はないように思えた。

そこで出会った漁師の一人が使っているナイフがとても気になり、なんとか接触して、そのナイフを譲ってくれないかと頼んだ。彼はもうすでに何人《なにじん》かわからない混血の進んだ顔つきをしていたが、非常に厳しい表情でぼくのその申し入れにしばらく黙ったまま、承諾したともダメだとも言わずに向かい合っていた。何か大変失礼な申し出をしてしまったかとぼくは緊張したが、通訳の人に聞いたら、彼は大変に困っている、というふうに教えてくれた。

結果的にいうと、二十ドルほどでその大型のナイフはぼくの手に入ったのだが、その漁師が見せたとまどいの表情は、後で通訳に聞いたところ、このようなものが売れるとは思っていなかったらしく、何のことを言われているのか理解するまでかなり時間がかかった、というのであった。

考えてみると、確かにお店一軒もないこういう島でものを売り買いするということは日常的には皆無なはずであり、通訳は、その年代物のナイフがその場で現金で売れるとは、彼にとっては信じられないことだったのだと思うよ、と解説してくれた。

ナイフは革製の鞘《さや》も立派で、裏にキリル文字で何か書いてある。人名だろうと思うが、もしかするとその漁師の家に代々伝わっていたものなのかもしれない。いきなりの二十ドルは、漁師にとっては大金だったろうけれど、ぼくは後々になってそのナイフを手に取るたびに、何か最も素朴な人の気持ちを凌辱《りょうじょく》してしまったような気分になったものだ。

この写真を見ると、ここでは海鳥がずっとやかましく鳴いていたことを思い出す。

異次元のロシア

　ロシアの冬は日本の冬の常識をことごとくくつがえすことばかりだ。十一月になると、モスクワやサンクトペテルブルクなどは常時路面が凍って、日本人の感覚では、すぐに滑ったり、車のブレーキを踏むと横に流れたりするような危機感を持つが、そこは長年の慣れというものなのだろう、タクシーなどはつるつるの道路を平気でブッ飛ばしている。

　いちばん驚いたのは、普通の乗用車もバスもトラックも、タイヤの溝がほとんどなくなってつるつるの状態になっているのが多いことだった。日本でいうボウズ状態になったタイヤである。こんなのではますます滑りっぱなしではないかと思って聞いたら、タイヤは凹凸がなく、できるだけ表面がつるりとしたもののほうが滑りにくいのだという。

　本当の詳しい理由はもっといろいろあるのだろうが、いちばんに納得したのは、タ

光る凍結路を見るのは怖い。
人々はフェルト製の長靴をはいていて、
靴下はやはりフェルト製の包帯のようなものをぐるぐる巻きにしている。

イヤが路面と接触している面積が大きければ大きいほど、ブレーキの制御が効くという話だった。要するに凹凸を省いてぺたりと道路にくっついているほうがコントロールが効き、横滑りなども防げるというのである。

そういえばチェーンなどを巻いているクルマも見ない。さらに驚いたのは、もっと気温が下がり、マイナス四十度以下になると、バスは停車場に完全にストップすることはなく、常にゆっくり前後に動いていることだった。たくさんの荷物を持ったおばあさんなどが乗るときは、まわりの者がそれなりの声をかけて、一瞬完全停車するが、乗り終わると、また前後に行ったり来たりが始まる。

なぜこのようにしているのかというと、完全に停車してしまうと主にブレーキ系統のメカニズムが瞬間的に凍結し、その後コントロールが効かなくなる――という話だった。現地に行って目《ま》の当たりにしないと、話だけではなかなか理解できない異次元的風景だった。

人々の防寒用の衣服も予想していたのとはずいぶん違って、まあそれなりに暖かそうな厚い下着の上下は着ているが、あまり重ね着はしておらずいちばん外側に重くて厚いオーバーコートを着て、あとはマフラーに手袋という意外なほど軽装なのに驚かされた。これはいろんな理由がありそうなのだが、ロシアの冬の屋内はどこも異常なぐらい暖房が効いていて、例えばお店などでは、そこで働いている人はTシャツ一枚だったりする。外から厚着で入ってきた人は室内の熱気で汗をかくと後が面倒だから、いちばん外側に着ているオーバーコートを防寒の要《かなめ》として、屋内ではすぐに着脱できるようにしているのだ。

馬のつらら

シベリアのヤクート自治共和国（今のサハ）に行ったときのことだ。美しい建物や、街中を流れる川、そのまわりの樹氷が際限なく広がるマイナス三十度くらいのシベリアのパリといわれるイルクーツクから、飛行機で移動した。

ここにはヤクーツクという中心都市があり、数十万の人々が暮らす北の果てのそこそこ大きな街だ。しかし冬のいま、気温はマイナス四十度から四十五度ぐらいまで下がっていくので、外に出るには、たとえ街中といえどもそれなりの防寒をしなければならない。

街のそばにはレナ川という、バイカル湖付近から北極圏まで連なる長大な川が流れていて、左右はいわゆるツンドラの不毛の河原になっている。冬になると、レナ川には平均して厚さ二メートルにもなる氷が張り、左右の河原に積もった雪もひたすら堆《たい》積《せき》していくことになるから、レナ川付近に行くと、とにかく広大な白い平原がどこまでも延びている光景になる。

　そんなところでもヤクート人が遊牧の仕事をしており、一日のうちでもっとも暖かいとき（あくまでも比較的、というレベルだが）に、飼育している馬を河原のあたりに放つ。馬は最初からかなり元気よく走り回っているが、口や鼻から噴き出される息が外気に触れたとたん凍っていくのが、人間の目でもよくわかる。生物の体から噴き出される息は、水分をたっぷり含んでいるから、空中に出たとたん、凍って行くのが見えるというわけだ。

　そんな馬群を見て、あらためて感じるのは、この極低温の中を走り回っている馬は、みんなつまりは裸だということだ。もちろん全身は、こうした場所に適応したかなり密度の濃い毛でおおわれているが、体から出てくる汗がその長い体毛に伝わったとたんに、それぞれが凍っていく。だから茶色や黒い毛の馬に乗って、三十分も走らせると、体毛の全てに氷が張り付き、ちょっと見ると白馬に変身したように見える。

　一六三ページの写真ではちょっとわかりにくいが、馬は走りながら口からよだれを流すのだが、それがあごの下で次々と凍っていき、よだれのつららができあがる。まつ毛にも上昇してきた自身の息がからみつくから、白く凍り、なんだか白いつけまつげをしているように見える。

　このとき気がついたのは、この何もかも凍らせていく極寒地獄の中でも、眼球だけはまず凍らないという事実だ。これは帰国して、いろいろな生物学の本を読んでわかったことだが、人間を含めた脊椎《せきつい》動物の眼球の表面には常にゆっくりと水分が流れていて、それがために眼球の表面が凍ることをまぬがれているのである。

　放牧された馬たちはひづめで固く凍った河原の雪や氷を蹴《け》り続けて、その奥におしつぶされている、やはり固く凍ったコケなどを見つけて食べていた。

汗もよだれも凍りつき、自身の息もからんで白いまつげの馬。
立ちどまっている時はこのようにじっとして
ただただ全身の毛に氷をはりつかせている。

ねじれた家

サハ（旧ヤクート自治共和国）の真冬の田舎道を歩いていると、頭がおかしくなるような気分になる。最初はマイナス四十九度というわが人生で未体験の極低温で視覚のバランスがおかしくなったのかと思ったが、そうではなかった。霧が晴れて、道の左右の光景がもう少しはっきり見えるようになってきたら、家がてんでんばらばらに傾いていることによるものだと気がついたのだ。

その理由を聞くと、なんだかたいへん単純なことなので、改めてまたこうした極寒地方のありふれた自然が何をしでかすかわからないという驚きを感じた。

このあたり一帯は全面的にツンドラである。ご存知のように永久凍土と訳されており、地表から三〜五メートルは一年を通して凍っている。もちろんこうした土地にも夏は来るから、ツンドラの表面から一、二メートル下は凍結も融解する。

多くの民家は木造であり、そのツンドラの上にじかに建てられているから一本一本

錯覚じゃなかった!!　傾いている民家。
ツンドラ地帯に建てる家は土台に太い丸太を何本も打ち込むが、
季節ごとに凍結と融解をくりかえすので、
夏に傾いたものが冬にはそのまま固定される。
そういうことを何十年もくりかえしてきてこうなるのだ。

の支柱となる柱の下の方は、とけたツンドラの中でいろんな方向に動いてしまう。同じ方向に動くのならば家全体がかしぐだけで済むのだけれど、土台となる材木の性質や、打ち込まれた角度によってそれらはみんな勝手な方向に向いてしまう。そうしてじたばたしているうちにまた厳寒期がやってきて、家を支える柱の全てが再びがっちり凍結する。そういうことの繰り返しが毎年行われているのだ。

冬場にそなえて元々頑丈な木材を使っているから、毎年いろんな方向に柱が傾いても、住民は傾いてできたすきまを再び頑強に覆うくらいの応急処置しかできないままに、また夏のツンドラ融解の季節がやってくる。柱は今までとはまた違う方向に勝手に動き、十年もすると、外から見ても、通りのほとんどの家々が勝手な方向にひしゃげているようになるから、ここらに住んでいる人にとっては殆《ほとん》ど慣れた風景のようだ。

何軒かの家に入って中の様子を見せてもらった。外から見るよりは部屋の中の歪《わい》曲《きょく》ぶりは少ないように感じたが、中を歩いて行くと明らかにあちらこちらに傾斜があり、ほんのちょっと歩くだけでも、あ、今度はさっきとは逆の方向に傾いているな、といったことが、人間の平衡感覚にストレートに影響するらしく、体が自然にその不安定さを感じてしまう。

どの部屋がどっちの方向に傾いているかを調べるのは簡単だ。コップに水を入れて、それを持って歩けば、部屋ごとにコップの中の水の傾きがはっきり説明してくれる。傾斜の中でこの暮らしを続けると、神経がおかしくなるような不安がある。でもこうした家に住んでいる人は、そういう傾いた生活にかなり順応しているようで、まあ、いってみればゆるやかなビックリハウスのようなところでの人生を送るのである。

マイナス四十五度のシベリア鉄道

左の写真はシベリア鉄道と平行に走っている道路から撮影した一枚だ。まだフィルムカメラ時代に撮ったもので、殆どが鋼鉄製のカメラは五分も外に出しておくと全体が凍っていき、フィルムを巻き上げる歯車のメカニズムも動きが怪しくなっていく。写真の左側に二本のすじがあり、右側には次の画面がぼんやり写っているのは、そのフィルム巻き上げ機構がどんどんうまく回転しなくなったからだ。あまり強く巻き上げると、フィルムのパーフォレーション（巻き上げるために開けている上下のたくさんの穴）が、防寒服を着ている耳にもキリキリ聞こえるくらいに切れていくのがわかる。おそろしいキリキリ音だった。

さらに強引に巻いていくと、フィルムはカメラの中で切れてしまう。そうなるとカメラのケースを開けることはもうできない。すでに撮った部分も、これから撮ろうとする部分も全部露光してしまい、全く使い物にならなくなってしまうからだ。

フイルムを巻き上げる歯車のメカニズムも動きが怪しくなった。
ヒトコマを巻ききれないうちに次のコマの撮影になってしまうので
自然にオーバーラップのような写真になってしまう。

冒頭に書いたが、カメラを外気にさらしておける時間はせいぜい五分。そのあと懐に入れておくのがいちばんいいのだが、人の体温ぐらいではまずすぐには回復しない。

シベリア鉄道を行く貨物列車は黒煙をあげているが、その下の道を走っている車が吐いている白いものは排気ガスだ。これほどの寒さになると空中に出たとたんすぐに凍って、白い雲のようになってしまう。走って行く自動車はどれもこれもそんなふうに車体のまわりに凍った排気ガスをまとわりつかせていくので、まるで雲の上に乗って地上を移動していく不思議な乗り物のように思えてくる。

撮影した土地のこの時の外気温は、確かマイナス四十五度ぐらいだったと思う。サハ（かつてのヤクート自治共和国）である。つい最近のニュースでここからほど近いオイミャコンという、北半球でマイナス六十七・七度の最低気温を記録した極寒の地の気温が、マイナス六十三度と出ていた。乗っていた自動車が壊れて歩いている人が凍死した、という話もあって、極寒は人を殺すのかとびっくりした。

ぼくもそのオイミャコン郡に行ったが、その時の最低気温はマイナス五十九度であった。外気にさらした顔は、華道で使う剣山で常に叩《たた》かれているようだった。寒さが持続する痛みに変わることを知って、極寒地の恐ろしさの片鱗《へんりん》を味わった。無風でそのくらいだったら、ひとたび風が吹くとその痛みはさらに増すだろう。風速一メートルごとに体感温度が一度下がっていくと聞いていた。だから外では常に温度計を見ながら行動しなければならなかったが、ぼくの持っていた温度計はそのうちぴたりと動かなくなってしまった。

外の風景を撮影してあたたかい部屋に戻ると、冷え切ったカメラが結露してレンズがまったく光を通さなくなる。室温と同じぐらいの温度に戻るまで使用不可であるから、回復するのに最低二時間は必要とした。だから写真を撮るのが目的の旅だと、二、三台の調子のいいカメラを用意して、取り替えながら行動するしかない。

マイナス四十度世界での生活

シベリアの冬を二か月ほど放浪していた。この地の冬は本当に寒く、顔を空中に出しておくと十分ぐらいで顔面全部が凍結し、とくに鼻が最初にやられることが何度もあった。

この写真を撮ったところは気温がやわらいでいたがそれでも零下四十度はあった。この時、ぼくは四十歳。地球のいたるところを好奇心だけで旅しており、世界で一番寒いエリア(オイミャコン郡)をすぎたところだった。オイミャコンは人の住んでいるところでは世界最極寒地帯だ。ちなみに当時、地球でいちばん寒いところは南極の零下八十二度だった。

この時いろいろ世話をしてくれたのはユルタ(極北の遊牧民の住居)の人たちだった。ロシア語のさようなら、「ダスビダーニャ」ぐらいしかロシア語を喋《しゃべ》ることはできなかったが、かれらとの交流はいい思い出だ。

なにもかも異次元！　地球最北の遊牧民。
外に立っていると慣れるまで全身がガタガタふるえ続ける。
口や鼻からの息は真上に這いのぼって顔面に凍りつく。
ヒゲや髪の毛にもはりつくからこのような顔になってしまう。

かれらと会ったのはヤクーツク（今のサハ）であった。地球最北の遊牧民の地だ。場所はレナ川の川岸。と言っても川は全面凍結していたからどこからどこまでが川で川原はどこまでかはまるでわからなかった。レナ川は全長四四〇〇キロ。凍結期が終わると北極海にむかって流れる。しかし写真を撮った時期は上流から河口までぜんぶカチンカチンに凍っていた。

その地で聞いた話だが、レナ川には橋がひとつもないという。川が見えないのでどのくらいの幅があるのかわからなかったがすくなくとも三百メートルはありそうだった。

そのくらい幅のある川の橋だといくつもの橋脚を建てなければならない。でも春がくると川の氷が溶けてどんどん流れていく。その巨大な氷塊が橋脚に次々にぶつかり橋そのものを破壊していくから、よほど大きな吊《つ》り橋でもつくらないかぎり無理だという。対岸との交通はこうした厳寒期に凍った川の上を歩いていくのだそうだ。川の上の氷をブルドーザーなどを何度も走らせ平らにしてクルマを走らせるようだ。

こういう極限の寒さの中で、ユルタの人たちは馬やトナカイの放牧をしていた。仕事着は熊の毛皮とフェルトの帽子だ。

呼吸をすると吐く息が顔面の表層にあがっていく。それは帽子や帽子から飛び出ている毛髪などに全部付着し氷結する。どの人もそうだった。もちろん我々もそのようになっていた。喋ると新たな息が顔面を凍らせていく。襟巻きで口まで覆っておかないと顔面が凍傷になりやすくなる。凍傷はだいぶ進んでからでないと自覚症状がないので怖い。時々互いに顔を見て白蝋《はくろう》化していると注意しあう。すぐに摩擦して血流を促さなければならない。

なにもかも異次元の世界だった。

クラゲ水族館

アメリカのモントレーにクラゲ専門の水族館がある。本当にクラゲだけしかおらず、世界一の種類と数を誇っている。水族館に行って、いろんな魚があちらこちらで自由に泳ぎ回っているのを見ているのは楽しいが、ここはちょっと違う。

一般の水族館で、ぼくが最も興味を持ちココロをとらわれるのは、イカ、タコの生態だ。多くのイカ、タコ類は、あれはなんというのか、水流ジェット噴射式とでもいうような独特の進み方をしていて、その有様が普通の魚の泳ぎ方と全く違うので、見ていてあきないからだ。

タコの種類によっては、水槽の隅のほうに身を沈めて不思議な格好をしながら我々の方を見ているヤツがいる。ずっと以前、そういうタコが日本の水族館にいて、ぼくはそのタコと目が合ってしまい、しばらく見つめあっていたことがある。のちのちタコに関するタコ話だらけの本を読み、タコの目の構造は人間と同じなので、あちらも当方を同等に見ている可能性が高いということを知り、ますますイカ、タコ系に興味を持つようになった。

このモントレーのクラゲ水族館は、水槽中のクラゲたちがお祭りでもしているように、みんなそれぞれ様子は違うのだが、本当にまあ休みなく動き回っている。クラゲで面白いのはやはりその移動システムであり、どういう原理でこの生物が休みなく動き回るのか見ていて不思議でならない。そのなかのいくつかはイカやタコのように水流を噴射して動いているように見えるものもあるが、それはわりあい少数で、大小さまざまなあの傘をひらひら舞うようにして、その力で進んでいるように見える。

ぼくはその水族館に半日ほどいたが、興味のひとつは目がどこについているのか、だった。いろんな種類のクラゲがいて形態もばらばらだから、これはなかなか難しい。事前にちゃんとしたクラゲの本を読んでおけばよかったのだが、その日感覚的に自分なりに思ったのは、とりあえずクラゲには目などという高等器官はついていないだろうということだった。

目は哺乳類《ほにゅうるい》を中心に、体の外に露出している脳といわれている。単純そうに見えるクラゲにはそのような高等器官はないだろうということだ。でもその後ホタテ貝についての本を読んでいたら、ホタテ貝はあの貝ヒモの部分に、たしか八十以上の目に相当する器官を持っていると書いてあり仰天した。だから海中でホタテ貝を捕まえると、彼らは自分の動きを封じたこちらをたくさんの目で見ていることになる。クラゲと比べるとホタテはいかにも数段上の高等生物だろうから、まあ納得ではある。

ところで話は違うが、九州の有明海《ありあけかい》ではイソギンチャクを食べる。ぼくも試したことがある。そして中華料理ではクラゲは高級料理である。どこをどう調理するとあの独特のシャキシャキ感が生まれるのか新たなナゾができた。

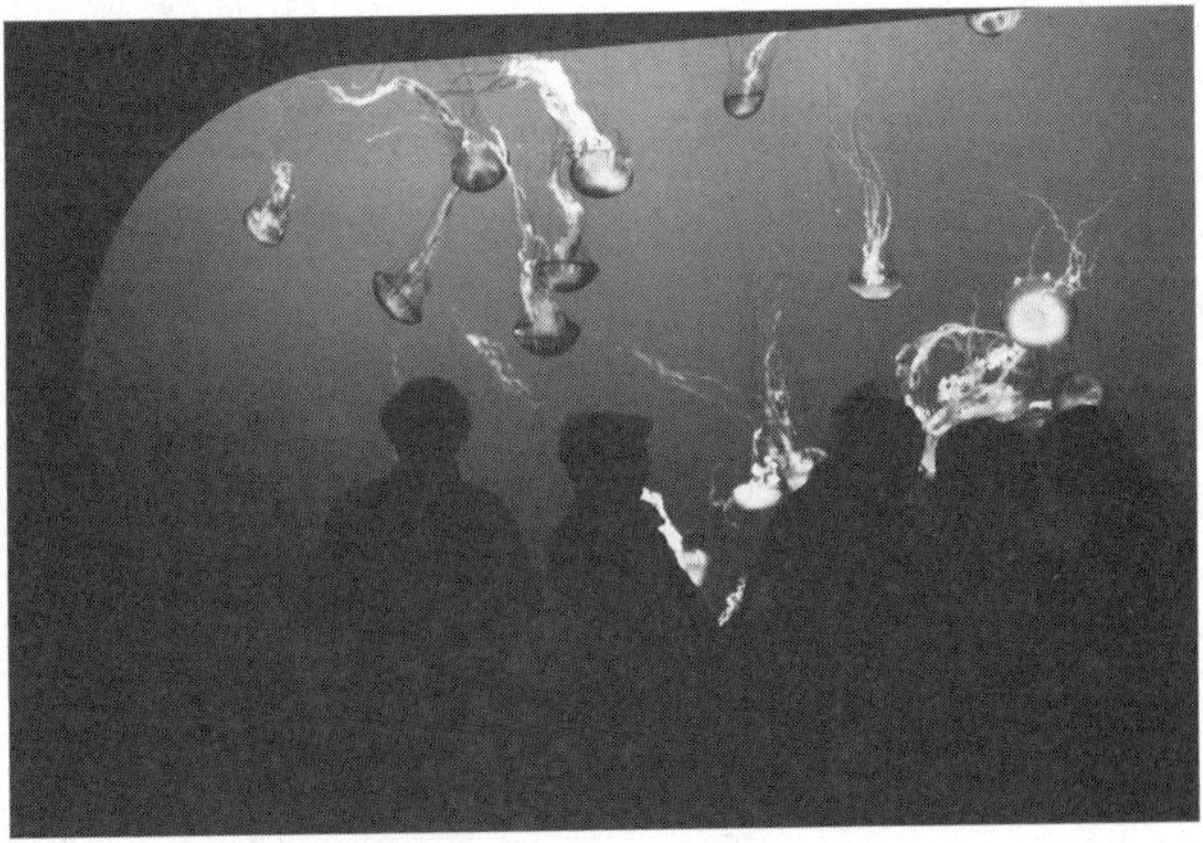

不思議でならないクラゲの移動システム。
このクラゲだけの水族館で大中小色とりどりのクラゲを見ていると
まさしく別次元の風景に見える。１日中見ていても飽きないのだ。

雲と命

ゾウと雲の横断待ち

旅人が取り込まれ夢中になって何度も行く土地は、インドかアフリカだという。どちらも広大な面積にいろいろな種族が生活しており、文化がそれぞれ極端に違っていたりするから、いったん取りつかれてしまうと、行くべきところがどんどん増えていく。世界のバックパッカーたちがそういうところに飛び散って、いろいろなものを見たり食べたり研究したりする。

ぼくも両方の国を歩いたが、写真を撮る立場からすると、アフリカはけっこうおっかない。特にケニアのステップ（草原地帯）には、ちょっとした水たまりがあるとカバがうんざりするほどいるし、たてがみのあるオスライオンは草むらの中にメスや子供たち十数頭とのんびり寝そべっている。よく言われるようにオスの縄張り意識が強固で、うっかり人間がそういうエリアに入り込んでしまうと、今までものうげに寝そべっていたライオンがいきなり全速力で向かってきたりするから油断がならない。

長い望遠レンズのついたカメラを向けると急に追撃態勢の臨戦状態になるらしい。案内してくれたキクユ族の一人に聞くと、昔はいろんな動物がよく鉄砲で撃たれた。ライオンといえども鉄砲にはかなわない。その恐怖が遺伝子の中に今日まで残っていて、カメラの望遠レンズを鉄砲と勘違いしているようなところがあるらしい。普通の観光客はライオンに勘違いされて襲われないように、頑丈な車体と人間が入る檻《おり》のようなものを装備した車で、その中や屋根の上からライオンのナマの生活を見たりするのである。

ちょっとした水たまりや岩塩がむき出しになったようなところには、時間によっていろんな動物が集まってくる。猛獣から鳥まで様々だ。たいていカバの群れが水遊びをしている。カバは用心深く、常に数匹が見張り役をしている。カバはあの短い脚で時速四十キロぐらいのスピードで追いかけてくるというから、一見まぬけでおとなしそうで、ちょっとムーミンに似ていたりするのでうっかり油断して近づきすぎると、けっこう危険な動物なのだ。前にも世界最大のネズミ、カピバラがムーミンに似ていると書いた。自然界ではあのテの顔はわりと多いようだ。

キリンはまっ平らな草原に出ると、そこらの木よりも断然首が長いから、いたるところでクレーンがゆっくりのったり移動しているように見える。

ゾウも大小様々だが、たいてい群れを作っていて仔《こ》ゾウを真ん中にしてみんなで守り、草原を自在に歩いて行く。アフリカゾウは出産期のときなど群れ全体がいらだっていることがあり、走ると人間の脚力をはるかに凌駕《りょうが》するし、どすんどすんと走って来る音は半端な恐怖ではないだろう。

この写真はサファリ用の車に乗って道沿いにどんどん行こうとしているとき、道を横切るゾウの小さな群れと出会い、横断待ちをしているときに撮ったものだ。ちょうどゾウの真上に、ゾウが行くのと同じ方向に小さな雲が飛んでいる。おーい、どちらもどこへ行くんかい、と呼びかけたくなるくらいのどかな風景だった。

道を横切るゾウの群れと上空の小さなひとかたまりの雲。
その両方が移動するのを待って、またまっすぐの道を進んでいく。

ゴビのラクダ

モンゴルは中国領の内モンゴルと外モンゴル（モンゴル国）に区分されている。外モンゴルは、日本の四倍ほどの面積があり、三十年ほど前まではソビエト連邦の圧力を受けていたので、ソ連の衛星国のひとつだった。草原の国といわれるだけあって本当に国中いたるところ草だらけであり、夏の期間三か月ぐらいは、その土地の草花によって地面の色が変わって見えるくらい植物のイキオイがあり、熱い太陽を浴びてぐんぐん成長していく。北部のほうに行くと草原の中にいくつものお椀《わん》を伏せたような高くても標高せいぜい六、七十メートルの、樹木のない草山がある。ここも遊牧民の遊牧のテリトリーだ。

その頃ぼくはモンゴルに、十年間で七、八回行っていた記憶がある。都市部はソビエト連邦から離脱しモンゴル国になっていたので、遊牧民が俄然《がぜん》やる気になっていく変化を目の当たりにした。

南東に行くとゴビ砂漠があり、そこから少し行くともう中国領の内モンゴルになる。南部はいわゆる砂漠が増えてくるので、遊牧民が飼育する動物の種類も変わり、主力はラクダになる。近頃、分布する範囲をどんどん縮めているフタコブラクダの生息地がこのあたりだ。

ラクダという動物は日本人にはあまりなじみがないので、正確にその生態が伝わっていないが、背の大きなまことに力強い動物で、江戸時代にこのラクダが日本に運ばれ、怪獣扱いされて見せ物になったという話は有名だ。ラクダは見ている限りは不思議な形態と習性を持っていて面白いが、実際にそれを引き連れて旅をすることになると、これほどやっかいで面倒くさい動物はない。

まず性格は非常にガンコである。馬は、多少疲れていても人間が鞍《くら》に乗れば、不承不承といえども思うままに動いてくれるが、ラクダはとことん疲れてしまうと金輪際人間の言うことをきかなくなってしまう。あののんびりぼんやりした顔で性格はけっこう悪く、ラクダを日よけにして座っていたりすると、いきなり肩とか腿《もも》のあたりを噛《か》まれることがある。はいているジーンズなどは大きな被害を受けるが、ラクダの歯は人間のように横並びになっていて牙《きば》などないから、噛みつかれても衣服が切れるだけで体に傷がつくことはまずない。

それからもう一つ閉口するのは、何か気に入らないことがあるとものすごい声で吠《ほ》えまくることだ。それも日本人には生まれて初めて聞くような気味が悪くしわがれた咆哮《ほうこう》で、最初の頃、ぼくは悪魔の叫び声はこんなふうではないかと思ったものだ。

ラクダも乳を出す。馬や牛などはそれをそのままちょっと加工して人間が飲んだりヨーグルトにして食べたりするけれど、ラクダの乳だけは、形容するのが難しいぐらい異様な臭いと味がして、慣れていないと口にできない。遊牧民が造るラクダ酒なども口には合わず、飲めたとしてもとても酔えないだろうなあという、困ったしろものなのである。

ある日寝ていると沢山の動物がテントの外を進んでいく気配がした。
テントの出入口から覗くとこんな風景が見えた。
旅に出るときすぐ使えるカンタンカメラでパチリと１枚。

ペンギンと暮らした

フォークランドのウェッデル島は、全島、鳥の島で、世界各地から鳥類学者が研究のためにやって来る。人家というものはなく、自炊のテント暮らしになるが、ペンギンたちがそれほど頻繁に人間と接してはいないからなのだろう、人間が近寄って行っても平気な顔をして突っ立っているし、こちらが夕食の支度で何か作っていると、煮炊きの湯気や煙が珍しいのか、近くにやってきて、五、六羽でガアガアやりながら見物している。

人間が何か大道芸人の芸を見る時のように、等間隔でぐるりと輪を作って、ペンギンはペンギンの言葉でワシャワシャキャアキャアひっきりなしに何か話している。その様子が「こいつらは一体何者だ、あまりうまそうには見えないから自分らの食べ物にはならないけれど、まあ退屈だからしばらく眺めてみっか」というような態度に見えてしょうがない。

この島にはけっこう長くいたが、ペンギンは種類によってコロニーの形態も大きささも違う。キングペンギンは身長一メートル前後もあり、胸をそらせて歩くところなどなかなか勇壮である。次によく目につくのはイワトビペンギン（ロックホッパー）で、それはいったん顔を見ると忘れられない。まるで歌舞伎の隈取《くまどり》をしているようにピンと左右に跳ね上がった黄色い眉《まゆ》と、ちょっとガン付けしているような鋭い目がなかなかのものだ。

これは岸壁に住んでいて海から餌をとってくると、短い脚ながら驚くべき跳躍力で本当に段差のある岩の上をポンポン飛んで行って、高さ十〜二十メートルの断崖《だんがい》に作った自分の巣にキチンと帰っていくのである。

ちょっと帰りがけにそこらによって一杯ひっかけるというような堕落した我々の世界とは程遠く、全身が強い意志のかたまりとなって間違えず自分の妻子のところに帰るのだ。

その他にも穴倉に住むゼンツーペンギンや、アデリーペンギンがいる。彼らは大きさも餌も暮らし方も少しずつ違っていて、それゆえにかち合うこともないので別種族同士が争うなどということはまずないそうだ。

ある時、キングペンギンのそばに我々はテントを張ってしまった。その日からの彼らのおしゃべりにはほとほと参った。夜が更けても十数羽のペンギンが集まっておしゃべりしているとしか思えない熱心さで、鳴き続けている。きっと亭主の悪口を言っているにちがいない、と言いながら、夕食後にそんな風景を眺めていた。

そのオスはけっこうちゃんと海の中をすっ飛んでいき、小さな魚をたくさんのどに詰まらせるという蓄積漁法というようなものをやっている。それらを吐きだすとヒナの餌になるのだ。彼らは海の弾丸で、岸に上がってくるときがすばらしい。うまく波に乗って水中からいきなり飛び出てきて、陸地に垂直にストンと立ち上がるのだ。その着地のスタイルがまるでオリンピックの何かの競技のようで、思わず「9・6」なんて書いたカードを掲げたくなる。そういうものを持っていれば——の話だが。

水中から飛び出てきて陸地にストンと立ち上がるペンギン。
1羽のペンギンの着地を順番に撮ったようにも見えるが、次々と
あとに続いて競うようにしてこのように海から飛び出してくるのだ。

アホウドリのヒナ

フォークランド諸島は八百近い大小様々な島が集まってできている。かつてイギリスとフランスがこのエリアを領有するための戦争を起こし、そのときはチリとアルゼンチンも巻き込まれ、代理戦争のような敵対関係になってしまった。人の住んでいる大きな島は戦争の舞台になった。大小無数とも思われる無人島は、大きな被害を受けず何よりだった。

その中の野鳥の天国とでも表現したいウェッデル島に十日ほどキャンプし、野生動物の撮影をしていた。崖《がけ》にはアホウドリの巨大な営巣地があり、ぼくが行ったときは、ヒナが岩の上に立って、それぞれ狩りに出かけていった親鳥を待っているところだった。ヒナといってもすでにニワトリぐらいの大きさがある。羽は生えきっていないので、白い羽毛はやや心細げに見えた。カメラを持って近づいていくと、くちばしを激しくカタカタ打ち鳴らし、いっちょ前に攻撃的なしぐさを見せる。

親鳥が帰ってくるのを待っているアホウドリのヒナ。
まだ自由に歩き回ることもできず、もちろん飛ぶこともできない。
それでもニンゲン（ぼくのことだが）が近づいていくとクチバシを
カタカタいわせていっちょ前に威嚇をする。けなげでかわいいのだ。

アホウドリは一羽ずつしか育てられないようだが、その子育てぶりはオモシロイ。翼を広げると二メートル近くにもなる巨大な親鳥は、崖の上から海に飛び込むようなかっこうで離陸し、上昇気流をうまくつかまえて小魚のいそうな場所まで旋回していく。そうして小魚をくわえると、滑空のためのかなり長い距離をバタバタと水しぶきを上げながら飛び上がり、また上昇気流をつかまえて自分の巣のある崖に帰ってくる。その全体の様子はなんとなく爆撃機を連想させた。しかも水陸両用のすぐれたやつだ。どうしてこれがアホウドリなどと呼ばれるのか不思議に思ったほどだ。しかし、やがてなんとなくわかった。

崖の上の営巣地は狭いので、ほとんどピンポイントでヒナたちのいるところに飛び降りてくるが、滑走して着陸する場所があまりにも狭いので、多くの鳥のように羽ばたきのホバリングを利用して軽やかに着地することができず、たいてい頭から突っ込んでどこかの岩に当たったり、バランスを崩して半分ほども傾いて着地する例がほとんどだ。見ているとどうにもナサケナイ。

昔の人はその不格好ともいえる着地の動作を見てアホウドリという名をつけたのかもしれない。もっとも、アホウという呼び名は日本だけで、英語ではアルバトロスだ。

迫力のゾウアザラシ

フォークランド諸島のウェッデル島にキャンプしていたときのことだ。

平地の草がたくさん生えているエリアは、知らずに入っていくといきなり驚かされる。草むらに隠れておびただしい数のゾウアザラシが営巣の場としているから、人間が近づいていくと、一九九ページの写真のようにいきなりちょっと形容不明の大きな吠《ほ》え声をあげて、草むらから顔を出し威嚇してくる。ゾウアザラシの大きいのは四、五メートル。小さくても二メートルはあり、そんな巨体でありながら、やはりアザラシはアザラシなので、ひれと尾で海からここまで強引に上がってくるらしい。

最初の挨拶《あいさつ》に驚かされたが、そのまま人間が突っ込んで行かないかぎり、大きな口で嚙《か》みつくということはまずしないようで、とりあえずは派手すぎる威嚇だけだ。大きく口を開けて息を吐きながら吠えるのだが、その息が武器となるくらい大変にくさい。食べているのは魚が主だから、その匂いは腐った魚の強烈な噴射となる。飛沫《ひまつ》までひっかけられそうになるので、うわっと言って思わず後ろに引きさがると、その横からやはり巨大な別のやつが、ガオーっというかんじで首をもたげ大きな口を開けて攻めてくる。

この草原にはそういうのが五十頭ぐらいいた。よほど急接近しない限り嚙みつかれる危険はないとわかったので、だんだん面白くなってきて、カメラを構えてどんどんあちこちのゾウアザラシに挨拶に行った。

ゾウアザラシは頭の上にかなり大きな細長い突起物を乗せていて、それがゾウの鼻のように見えるからそう呼ばれるようになったらしい。まあ並はずれた巨体も当然その名にふさわしいけれど。

ゾウアザラシとの鬼ごっこを終えて海側に出ると、海ではボス級の巨大な二頭が海面でしゃちほこのような格好をし、威嚇と攻撃を続けていた。縄張り争いかハーレムの覇権を狙ってのことだろう。

形容不明の吠え声をあげて草むらから威嚇するゾウアザラシ。
こういうのがあちこちにいて、
草むらに入り込んでいくとどこから出てくるかわからない。
最初はこわかったがやがて鬼ごっこのようになり
1時間ぐらい遊んでしまった。

南米のグアナコ

　南米大陸に広く生息するグアナコという動物がいる。見ればわかるようにラクダの仲間に入る動物で、単独、もしくは小さな群れで、主にアンデス山脈のふもとに生息している。見るからにおとなしそうな動物なので、かなり昔から南米のネイティブがこれを捕らえ、肉を食べ、毛皮を衣服としていた。

　ネイティブのオーナー族やヤーガン族などは海岸べりに裸で暮らしており、海に飛び込んで魚介類をとって食べるという生活をしていたが、夏でもプラス十度になることはめったにない寒冷地なので、裸の上にこのグアナコの毛皮で作った外套《がいとう》をじかに着ている当時の写真が、歴史博物館などに残っている。

　グアナコはその後、毛皮を狙う密猟団にかなりの数が殺されて、他の多くの絶滅危《き》惧《ぐ》種《しゅ》と同じような危機に瀕《ひん》していたが、十数年前に狩猟禁止となり、また徐々に数を増やしているようだ。

パタゴニアを旅していると、ちょっとした低い稜線《りょうせん》にグアナコが一列に並んで、みなこちらを眺め、じっと立ち止まっている風景に心が慰められる。

最初に行った頃はまだ狩猟乱獲時代の恐怖心が遺伝子に残っていたのか、五百メートルぐらいに接近するとすぐに逃げてしまい、なかなか写真すら撮れなかったものだ。しかし何度も通っているうちにグアナコのほうも人間への警戒心を解いてきたらしく、出会うたびにその接近距離が短くなっていくのがはっきりわかり、ますます興味をつのらせた。

動物行動学の本に、野生動物の敵対距離と逃走距離というテーマがあり、人間の接近を許す動物のそれは大きさに比例すると書いてある。馬などがそのいい例だが、放牧されている馬に接近できる距離は、大体五、六メートルである。動物の個体が小さくなれば、例えば羊などは三、四メートルぐらいまで接近することができる。ヤモリは六、七十センチまで近づくことができるから、個体の大きさによる逃走距離というのは、注意しているとちゃんとした法則のもとにあるのだということがよくわかる。もっとも日本を旅していても、なかなかそういう野生動物と出会う機会は得られないから、実感を持つのが難しい。

二〇三ページの写真は、三度目か四度目にパタゴニアへ行った時に撮影したもので、五メートルぐらいまでには接近できた。柔らかそうな上質の毛皮が実感でき、顔つきはあくまでも優しい。

パタゴニア探検史を読むと、昔のネイティブはもっと近くに寄ることができたようだ。おそらく互いに気分のいいときなのだろうが、そばまで行って、この長い首の根本に抱きつくこともできたという。ただしその友好距離が毛皮目当ての人間によってたちまち破壊されていったのだから、この何とも優しげな顔が気の毒でならない。

グアナコの顔つきはあくまでも優しい。
鳴き声もないからこちらも沈黙したまま静かにゆっくり近づいていく。
ピンと立てた耳が緊張感をストレートにあらわしている。

幻のイッカククジラ

カナダの北極圏、バッフィン島は五月ぐらいになると海の氷も溶けはじめ大小さまざまな流氷がいったりきたりするようになる。ほんの一週間前はいちめんに海氷がはりつめていたエクリプス海峡のところどころに海水がちらちら見えるようになる頃、幻の生物とまで言われていたイッカククジラが小さな群れをつくってやってくるようになる。

でもそうひんぱんにやってくるわけではなく、群れも小さいので待ち伏せしていても何時やってくるかわからない。

このイッカクを写真に撮ろうとしたカナダ人のカメラマンは一か月待っていてとうとう一頭にも遭遇せず帰っていった、というハナシを聞いたあとにぼくは同じ海峡に入っていった。氷はまだいたるところその日の海流によってきままに流れているので、小さな舟に乗っていくと行き先がとざされていて戻ろうとするともう退路に氷がはりつめてしまっている、などというところをなんとか進んでいって二日目に小さな島に上陸した。

氷が大きなカタマリになって海岸線にならんでいる不思議な状態になっている島だったが、海峡がせばまっているのでそこで待ち伏せしよう、持久戦だ、と案内のイヌイットが言った。そこは氷の溶けた山のほうから冬眠あけのグリズリーがやってくる、という危険もあるらしいが、とにかくテントを張って待っているしかない。

もう白夜の季節になっていて昼のような明るい夜だった。

テントの寝袋に入ってくたびれきった体にすぐ眠気が襲ってきたけれど、同時になにやらイヌイットの叫ぶ声がする。

なにごとか、とテントから這《は》い出てみると「イッカクが来たぞ」という叫び声だった。

すぐに身支度して外に出ると、海峡の真ん中あたりをプシュウプシュウという音をたててイッカククジラが七、八頭の小さな群れをつくってやってくる気配が感じられた。六〇〇ミリの望遠レンズでみるとそのあたりの海水が揺れているのがわかる。いっきに血がさわいだ。一か月待ち伏せしていても一頭にもあえなかったという人のあとに二日目で目あてのものに遭遇できるなんて。

イッカクの群れの先頭にひときわ大きなのがプシュウプシュウといいながらやってくる。我々のリーダーのイヌイットがちょっと高い氷の上に立ってライフルで狙いをつけ、じれったくなるくらい間をおいてから一発撃つとそれが命中。すぐにカヌーで出ていって海中に沈まぬうちに獲物をひいて戻ってきた。

頭というか顔というかその正面に太くて長い角が突き出ている。その角は歯がのびてできると聞いていたが先端から二・五メートルぐらいラセンを描いた見事な角がはえている。このクジラは皮を煮て人間がそれを食べ、肉は犬の餌にすると聞いた。うまくないらしい。海水で煮た皮はアワビとサザエのまじったような味がした。

2.5メートルぐらいラセンを描いた見事な角がはえている。
この角はイヌイットがきれいに乾燥させ、
仲買人に町に持っていかれて10万円ぐらいで売られるらしい。

ミャンマーの僧侶学校

仏教国ミャンマーを歩くと、おびただしい数のお坊さんに出会う。朝、まだ通りに誰もいない風景を写真に撮ろうと、初めて歩いた時だ。ひとつの広い道の角から三、四列のゆるやかな隊列を作った数百人のお坊さんが、托鉢《たくはつ》用の入れものを持って整然と黙って歩いて来るのに出会って、びっくりした。

ミャンマーでは、ある程度の年齢（日本でいうと小学校高学年ぐらい）になると出家して僧院で生活し、托鉢のために寺の周辺の町々を巡り歩く。朝食のためのお布施を乞《こ》う行列である。オレンジ色の片肌脱ぎの僧衣を着、そろって片腕に托鉢を受けるための容器を抱えている。こうした僧侶《そうりょ》の托鉢は、毎日決められた時間に行われるので、多くの家々がその行列がやってくるのを、朝のそれぞれの料理を作って待っているのだ。

僧侶らは、そうしたごはんや料理を覗《のぞ》いて、中に何がはいっているのか確かめるようなそぶりをみせてはいけないキマリと聞いた。

さらに托鉢を乞う僧侶および食べ物を施す人は、決して顔を見つめてはいけないという厳しい掟《おきて》がある。どうしてなのか通訳に聞くと、そうして互いに見つめ合った者同士（男女）が、それを機に、男の僧侶と尼僧の重要な禁忌を破って、たとえば恋愛感情などに発展していく可能性があるからという理由だった。

それと同時に、どの家の人がどんなものを寄進したか、その関連をはっきりさせないようにするという戒めも存在している。さらに僧侶らは寄進された食べ物をまじまじと見つめたり、好きなものを先に手にするというような行為も禁止されている。

多くの僧侶は寺に付随した道場のような板の間で寝起きする。寝床を上げると全員で素早く部屋の掃除をしてから、町への托鉢に出かけるのだ。寺にはまだ一人前になっていない小坊主たちがいて、その後勉強することになる。学校のような椅子や机は一切なく、授業前のその様子を見ていたら、子供の僧侶見習いらは大きな道場を兼ねる板の間のそこかしこに座り、先生の来る前は、一心にその日学ぶ科目の予習に集中する。

でもその日は珍しく外部からカメラを持った外国人（ぼくのことでありますが）がいて、それが気になるらしく、いつまでもざわついていて落ち着かず、年長の僧侶にあちこちで叱られ、やっとこの写真にあるように思い思いの方向に向いて自習態勢に入っていったのだった。

やがて僧侶の先生がやってくるとみんなはその姿勢のまま先生の方向に向いて、いよいよ本格的な勉強になるのだ。見ていると、先生は寺にある古い木箱に入った教典のようなものを出し、それを読みあげはじめた。生徒たちは教師の語る内容を記録していく。そしてだんだんと教義の深いところを学んでいく態勢になっていくようだった。

ちなみに、生徒は常に僧衣を着ている。

思い思いの方向に向いて自習態勢に入っていった僧侶。
床は毎日２回全僧侶によってピカピカに拭かれている。
机のない学習は大変だろうがもう慣れてしまっているようだった。

ミャンマーの瞑想

ミャンマーに初めて行ったのは二〇〇一年、ニューヨークの世界貿易センタービルに二機の旅客機が衝突するというすさまじい突撃テロがあった年だ。同時多発テロが起きた半月ほど後のことだった。ミャンマーはまだ軍事政権が絶対的な権力を握っている時代で、入国審査は三時間もかかった。これは管理体制が厳しいというわけではなく、システムのどこかに効率的なものが欠落しているからだろうと判断した。

町に出ると、思った以上に安穏としており、取材を急ぐためにすぐに郊外の田園地帯に車で入っていった。農業をつかさどるための機械化されたシステムがほとんど機能していないので、見わたすかぎりの田園のおだやかな風景は人間たちによって維持されている。広い農村のどこにもコンクリートの巨大な建物のかげはなく、救急車やパトカーのサイレンとか、行政からの拡声器によるいろいろな細かい注意など何もなく、全くの自然になっていた。

パゴダの前で熱心に祈っている女性。
この女性は1時間ほどこうしていた。
人によっては半日、さらには1日中ずっと瞑想している人もいるという。

音といえば、いたるところにある川の水の流れ、そこを吹きすぎる風ぐらいで、本当に心から安心かつのんびりできるのが嬉《うれ》しかった。

驚いたのは、国民のほとんどが、すこし前におきた世界を震撼《しんかん》させたニューヨークの同時多発テロのことを全く知らないという事実だった。テレビや新聞などのマス媒体は軍事政権が管理しているので、一般の市民は情報操作でそうした世界の出来事を全く知らされていないということを知った。まさに軍事政権の恐ろしさを間接的に体感したのだった。

ここは小乗仏教（上座部仏教）の国。そうした田園風景の中で目立つものといえば、パゴダと呼ばれる独特の丸みを帯びて金色に光る仏塔で、これが広い風景の中に七つも八つも見える。とりあえずすぐ近くにある寺院に行ってみた。平日の昼間だったが、たくさんの人が出入りしており、いくつも並んでいるパゴダの前にはさまざまな格好で祈り、瞑想《めいそう》している人々がたくさんいた。

案内してくれたミャンマー人の説明によると、この国の人はとにかく信仰心が篤《あつ》く、人々は農作業やその他の仕事の休みができると迷わずこうしてパゴダのある寺院にやって来て祈っているのだそうだ。その祈りも日本で見るような、超短時間で手を合わせてことを済ませるおざなりふうのものとは全く違っており、拝礼している人々は両手を合わせたまま、ざっと見まわして三十人ぐらい、微動だにしない。

この国の仏教は祈るというよりも瞑想するというところに比重がかかっているようで、確かに長時間かしこまっていたのでは相当きついのだろう、男も女も膝《ひざ》を崩しての拝礼姿勢が許されているようだった。

最初に見たパゴダの前で、それはもう熱心に祈っている女性の写真を撮り、それから小一時間ひと回りしてまたそこに戻ってくると、さきほどの娘さんがまだ同じ姿勢のまま手を合わせ、黙禱《もくとう》のような瞑想を続けているのであった。

アウシュビッツの今

ポーランドのアウシュビッツには、朝から暗くなるまで三日続けて通った。それでも、収容所の痛々しく、生々しい残滓《ざんし》の全てを見ることはできないくらい、スケールの大きな苦悩に満ちた場所だった。

こうした忌まわしい過去の歴史を持ったところは、日本などではしばしば「平和祈念なんとか」とか、「安らぎの歴史資料なんとか」といったごまかしの言葉が掲げられているのだが、インドシナ半島のカンボジアのトゥールスレン虐殺犯罪博物館や、ベトナムの戦争証跡博物館は、ごまかしのない表現がされている。このアウシュビッツも収容所施設であることを正面から掲げ、絞首刑台や悪名高き殺人ガス地下壕《ちかごう》などもそのまま残され、各国語で表記説明されていて生々しい。

ぼくがアウシュビッツに行ったのは、もう晩秋に近く、ポーランドの郊外は昼を過ぎると風景全体がなんともいえない殺伐さを帯びてくるようだった。それでもこの広

家畜にやる餌の牧草を育て、
冬に備えて刈り入れに精を出しているこの近くの農民。
背後にアウシュビッツをぐるっととり囲む
高圧電流を流していたコンクリート柵がいまだに残っていた。

大な収容所跡の周辺では、近くに住む人たちが家畜にやる餌の牧草を育て、冬に備えてその刈り入れに精を出している風景をあちらこちらで見ることができた。二一七ページの写真の老農夫が刈り取った牧草をかき集めている背後には、アウシュビッツ収容所の周りを厳重に取り囲み、何百ボルトという電流を流していた脱走防止柵《さく》の鉄筋コンクリート製の柱が、なんともいえない奇怪な湾曲を描いて立ち並んでいる。

この近くにビルケナウという、人間の遺体を大量に集めて、その遺体のそこかしこにパラフィン材を差し込み、燃えやすいようにして、大量焼却した現場がある。森の中に隠蔽《いんぺい》されるような場所になっていたが、そこに集められてくる収容所施設で殺された人々は、なんとブルドーザーで押し上げられて山のように盛られたという。それを何か月も繰り返しているうちに、焼けただれた遺体は風雨にさらされ、火に侵され、自然に地面に落ちるようになっていたという。

殺戮《さつりく》現場のビルケナウは、ぼくが行った一九八〇年代にはまだそのままの姿で保存されていた。数十万人の遺体を燃やしたところは直径百メートル以上の丸い沼のようになり、地下から湧き出したとみられる水によって表面は一見穏やかなように見えた。しかしそのかたわらに立つと、沼の下の方から小さな白い切片が不定期にひらひらと頼りなく浮き上がってくるのが見える。それは人間の骨からはがれたものだという。

ぼくはその場所に小一時間ほど一人で立っていたが、あたりからはねぐらに帰る鳥たちの鳴き声や羽音が聞こえ、それらに混じって数人の子どもたちの声がした。なんだろうと思って声のするほうを見ていると、母親らしき女性たちと子供数人がその後ろからやってきた。手に手に網かごのようなものをさげている。後で彼らがそのビルケナウの多くの死体によってできた沼の周りに生えるキノコを狩りに来ているのだと知った。戦争の忌まわしい記憶は遠ざかりつつあるといっても、何やら不思議な光景だった。

あとがき

二〇一九年六月に『旅の窓からでっかい空をながめる』という本書の兄弟みたいな本をだした。本書を含めてそのどちらも夕刊新聞「東京スポーツ」に長きにわたって連載していたモロモロ雑多な話をまとめたもので話題はまったく申し訳ないほど関係なく多岐にわたる。

旅先で見た大変興味深いものや、その時期、そこにそれしかないものだから仕方なく泣きながら食ったものや、思いがけない不思議な光景など、これはぜひ何かに書いておきたいなあ、というようなものがいろいろあるのだが、一冊の本にまとめるには、その周辺のこともしっかり取材して、単なる物見遊山的な話にはならないようにしたい、とかねがね思っていたのだが、そう思って一か月もしないうちに新たな取材とか小説の執筆などといった「まとまった時間」を必要とする事態になって、短文を書いたまま放置してしまった、というようなハナシがここにはいろいろ書いてある。

したがって前作とはまったく兄弟みたいな関係になる、ということをここでグダグダと申し上げているのである。

でもよく考えるとそんないいわけもとくに必要ないような気もします。ちょっとした特異な場所での話は本書でも何回か続いていることもあるけれど、殆《ほとん》どはひとつひとつのコマカイおはなしです。これ以上ないくらい気軽に読んで下さい。

二〇一九年秋

椎名　誠

文庫のあとがき

写真を撮りながらの旅というのはいつも心弾む気配があって、旅から帰ってきてその話を文章などにまとめるとき、世の中に写真を撮るというテクノロジーがきちんと存在していてよかったなあ、といつも思う。その逆に、もしそういうことができない世の中だったら自分はこうしたみやげ話をどうやって記述していっただろうか、とふと思うことがある。

非常に難しい話題や、そうでもない話題が混在しているだろうが、なんでもない広い風景の中に雲が浮かんでいるなどという場合、旅をする当人の表現力や感性のようなものが厳しく試されるのだろうなあという心もとない思いはある。

もし元から写真などの技術が存在していなかったら、旅をする者の表現力やそれを文字としてあれこれ塩梅《あんばい》する能力が厳しく試され、ひょっとすると写真があるときよりも表現力がすばらしく高まっている可能性も感じる。どうしたものかなあ、ととりあえずは写真を元に旅を振り返ることができている安堵《あんど》の中で、ちょっとばかり考え込むのである。

二〇二二年八月二十四日

椎　名　誠

本書は、二〇一九年九月に新日本出版社より刊行された単行本を加筆修正のうえ、文庫化したものです。

この道《みち》をどこまでも行《い》くんだ

椎《しい》名《な》 誠《まこと》

令和4年 10月25日　初版発行

発行者●堀内大示

発行●株式会社KADOKAWA
〒102-8177　東京都千代田区富士見2-13-3
電話　0570-002-301（ナビダイヤル）

角川文庫 23364

印刷所●株式会社暁印刷
製本所●本間製本株式会社

表紙画●和田三造

●お問い合わせ
https://www.kadokawa.co.jp/（「お問い合わせ」へお進みください）
※内容によっては、お答えできない場合があります。
※サポートは日本国内のみとさせていただきます。
※Japanese text only

ISBN 978-4-04-113004-9　C0195

角川文庫発刊に際して

角川源義

第二次世界大戦の敗北は、軍事力の敗北であった以上に、私たちの若い文化力の敗退であった。私たちの文化が戦争に対して如何に無力であり、単なるあだ花に過ぎなかったかを、私たちは身を以て体験し痛感した。西洋近代文化の摂取にとって、明治以後八十年の歳月は決して短かすぎたとは言えない。にもかかわらず、近代文化の伝統を確立し、自由な批判と柔軟な良識に富む文化層として自らを形成することに私たちは失敗して来た。そしてこれは、各層への文化の普及滲透を任務とする出版人の責任でもあった。

一九四五年以来、私たちは再び振出しに戻り、第一歩から踏み出すことを余儀なくされた。これは大きな不幸ではあるが、反面、これまでの混沌・未熟・歪曲の中にあった我が国の文化に秩序と確たる基礎を齎らすためには絶好の機会でもある。角川書店は、このような祖国の文化的危機にあたり、微力をも顧みず再建の礎石たるべき抱負と決意とをもって出発したが、ここに創立以来の念願を果すべく角川文庫を発刊する。これまで刊行されたあらゆる全集叢書文庫類の長所と短所とを検討し、古今東西の不朽の典籍を、良心的編集のもとに、廉価に、そして書架にふさわしい美本として、多くのひとびとに提供しようとする。しかし私たちは徒らに百科全書的な知識のジレッタントを作ることを目的とせず、あくまで祖国の文化に秩序と再建への道を示し、この文庫を角川書店の栄ある事業として、今後永久に継続発展せしめ、学芸と教養との殿堂として大成せんことを期したい。多くの読書子の愛情ある忠言と支持とによって、この希望と抱負とを完遂せしめられんことを願う。

一九四九年五月三日

角川文庫ベストセラー

わしらは怪しい探険隊　椎名　誠

おれわあいくぞう　ドバドバだぞお……潮騒うずまく伊良湖の沖に、やって来ました「東日本なんでもケトばす会」ご一行。ドタバタ、ハチャメチャ、珍騒動の連日連夜。男だけのおもしろ世界。

ばかおとっつあんにはなりたくない　椎名　誠

ただでさえ「こまったものだ」の日々だが、最も憎むべきは、飛行機、書店、あらゆる場所に出没する「ばかおとっつあん」だ!?　老若男女の良心にスルドク突き刺さる、強力エッセイ。

ひとりガサゴソ飲む夜は……　椎名　誠

旅先で出会った極上の酒とオツマミ。痛恨の二日酔い体験。禁酒地帯での秘密ビール――世界各地、どこにいても酒を飲まない夜はない！　酒飲みのヨロコビと悲しみがぎっしり詰まった絶品エッセイ！

麦酒泡之介的人生　椎名　誠

時に絶海の孤島で海亀に出会い、時に三角ベース野球で汗まみれになり、ウニホヤナマコを熱く語る。朝のヒンズースクワット、一日一麺、そして夜には酒を飲む。ビール片手に人生のヨロコビをつづったエッセイ！

ごんごんと風にころがる雲をみた。　椎名　誠

北はアラスカから、チベットを経由して南はアマゾンまで、世界各地を飛び回り、出会った人や風景を写し取り、旅と食べ物を語った極上のフォトエッセイ。「ホネ・フィルム」時代の映画制作秘話も収録！

角川文庫ベストセラー

玉ねぎフライパン作戦　椎名　誠

はらがへった夜には、フライパンと玉ねぎの登場だ。勘とイキオイだけが頼りの男の料理だ、なめんなよ！　古今東西うまいサケと肴のことがたっぷり詰まった、シーナ節全開の痛快食べ物エッセイ集！

絵本たんけん隊　椎名　誠

90年代に行われた連続講演会「椎名誠の絵本たんけん隊」。誰もが知る昔話や世代を超えて読み継がれてきた名作など、古今東西の絵本を語り尽くした充実の講演録。すばらしき絵本の世界へようこそ！

世界どこでも ずんがずんが旅　椎名　誠

マイナス50℃の世界から灼熱の砂漠まで——地球の端から端までずんがずんがと駆け巡り、出逢った異国の情景を感じたままにつづった30年の軌跡。旅と冒険の達人・シーナが贈る楽しき写真と魅惑の辺境話！

帰ってきちゃった発作的座談会　椎名　誠　沢野ひとし　木村晋介　目黒考二

発作的座談会シリーズ屈指のゴールデンベスト＋初収録座談会を多数収録。一見どーでもいいような話題をおじさんたちが真剣に、縦横無尽に語り尽くす。無意味度120％のベスト・ヒット・オモシロ座談会！

いっぽん海まっぷたつ　椎名　誠

日本の食文化の分断線を確かめるため、酔眼おとっつあん集団、新たな旅へ⁉　海から空へ、島から島へ、息つく間もなく飛び回る旅での読書の掟、現地メシの極意など。軽妙無双の熱烈本読み酒食エッセイ！

角川文庫ベストセラー

長さ一キロのアナコンダがシッポを噛まれたら　椎名誠

もし犬や猫と会話できるようになったら？　長さ一キロのアナコンダがシッポを噛まれたら？　行動派作家、椎名誠が思考をアレコレと突き詰めて考えた！　くねくねと脳ミソを刺激するふむふむエッセイ集。

地球上の全人類と全アリンコの重さは同じらしい。　椎名誠

人間とアリの本質的な違いとは何か？　地球の水はどうなってしまうのか？　中古車にはなぜ風船が飾られているか？　椎名誠が世界をめぐりながら考えた地球のこと未来のこと旅のこと。

さらばあやしい探検隊　台湾ニワトリ島乱入　椎名誠

シーナ隊長の号令のもとあやしい面々が台湾の田舎町に集結し、目的のない大人数合宿を敢行！　ニワトリ集団と格闘し、離島でマグロを狙い、小学生たちと真剣野球勝負。〝あやたん〟シリーズファイナル！

ぼくの旅のあと先　椎名誠

暑いところ寒いところ、人のいるところいないところ——。世界を飛び回って出会ったヒト・モノ・コトが軽快な筆致で躍動する、著者の旅エッセイの本領。読めば探検・行動意欲が湧き上がること必至の1冊！

麺と日本人　選／椎名誠　編／日本ペンクラブ

小説家、エッセイストから歌手、落語家までが、蕎麦やうどん、ラーメンなどの麺についてのこだわりを語り尽くす。ここでしか読めない、究極の一冊。立ち上る湯気とともに、ほっとするひと時をどうぞ。

角川文庫ベストセラー

人生のことはすべて山に学んだ　沢野ひとし

「本の雑誌」でおなじみの沢野ひとしが、これまでの登山歴から厳選した50の山を紹介。実体験にもとづくエピソードは読者を紙上登山に誘います。イラストは200点以上！　笑って泣ける山エッセイ！

山の帰り道　沢野ひとし

街から山に行き、山から街に帰る――。入山時の心配、不安、期待、憧れは、下山後には高揚した疲労感と安堵感を伴って酒の味を美味しくさせる。山への飽くなき憧憬と、酒場で抱く日々の感慨を綴る名画文集。

時をかける少女〈新装版〉　筒井康隆

放課後の実験室、壊れた試験管の液体からただよう甘い香り。このにおいを、わたしは知っている――思春期の少女が体験した不思議な世界と、あまく切ない想いを描く。時をこえて愛され続ける、永遠の物語！

日本以外全部沈没　パニック短篇集　筒井康隆

地球の大変動で日本列島を除くすべての陸地が水没！　日本に殺到した世界の政治家、ハリウッドスターなどが日本人に媚びて生き残ろうとするが。時代を超越した筒井康隆の「危険」が我々を襲う。

陰悩録　リビドー短篇集　筒井康隆

風呂の排水口に○○タマが吸い込まれたら、自慰行為のたびにテレポートしてしまったら、突然家にやってきた弁天さまにセックスを強要されたら。人間の過剰な「性」を描き、爆笑の後にもの哀しさが漂う悲喜劇。

角川文庫ベストセラー

ホンキイ・トンク　筒井康隆

関西弁で虚実が入り乱れる「オナンの末裔」、老私小説作家の脱線を劇中劇で描いた「小説「私小説」」ほか、「君発ちて後」「ワイド仇討」「断末魔酔狂地獄」「ホンキイ・トンク」等、全8篇を収録。

日本列島七曲り　筒井康隆

おれの乗ったタクシーは渋滞に巻き込まれた。今日、大阪で挙げる自分の結婚式に間に合わなくなったら大変だ。仕方ないから、飛行機で大阪まで、と思ったら、その飛行機がハイ・ジャックされて……。異色短編集。

ウィークエンド・シャッフル　筒井康隆

硫黄島の回顧談が白熱した銀座のクラブは戦場と化し（『蝶』の硫黄島」）。子供が誘拐され、主人が行方不明になった家に入った泥棒が、主人の役を演じ始め……（「ウィークエンド・シャッフル」）。全13篇。

沙門空海唐の国にて鬼と宴す　全四巻　夢枕獏

唐の長安に遣唐使としてやってきた若き天才・空海と、盟友・橘逸勢。やがて二人は、玄宗皇帝と楊貴妃の悲恋に端を発する大事件にまきこまれていく。中国伝奇小説の傑作！

秘帖・源氏物語　翁―OKINA　夢枕獏

光の君の妻である葵の上に、妖しいものが取り憑く。六条御息所の生霊らしいが、どうやらそれだけではないらしい。並の陰陽師では歯がたたず、ついに外法の陰陽師・蘆屋道満に調伏を依頼するが――。

角川文庫ベストセラー

幻獣少年キマイラ　夢枕　獏

時折獣に喰われる悪夢を見る以外はごく平凡な日々を送っていた美貌の高校生・大鳳吼。だが学園を支配する上級生・久鬼麗一と出会った時、その宿命が幕を開けた――。著者渾身の〝生涯小説〟、ついに登場！

キマイラ2　朧変　夢枕　獏

体内に幻獣キマイラを宿した2人の美しき少年――大鳳と久鬼。異形のキマイラに変じた久鬼を目前にした大鳳は、同じ学園に通う九十九や深雪の心配を振り切り、自ら丹沢山中に姿を隠した。シリーズ第2弾！

キマイラ3　餓狼変　夢枕　獏

体内にキマイラを宿す大鳳と久鬼。2人を案じる玄道師・雲斎は、キマイラの謎を探るため台湾の高峰・玉山に向かう。一方キマイラ化した大鳳と対峙した九十九は、己の肉体に疑問を持ち始める。シリーズ第3弾。

キマイラ4　魔王変　夢枕　獏

丹沢山中で相見えた大鳳と久鬼。大鳳の眼の前で久鬼は己のキマイラを制御してみせる。共に闘おうと差し伸べた手を拒絶された久鬼は、深雪のもとへ。一方大鳳は行き場を求め渋谷を彷徨う。怒濤の第4弾！

キマイラ5　菩薩変　夢枕　獏

キマイラに立ち向かう久鬼麗一。惑い、街を彷徨する大鳳。一方、二人の師、雲斎はキマイラの謎を知る手がかり、鬼骨にたどりつくべく凄絶な禅定に入る。己のすべてを賭けた雲斎がそこで目にしたものは。

角川文庫ベストセラー

キマイラ16 昇月変 夢枕獏

橘瑞超の『辺境覚書』にはキマイラの腕を日本に持ち帰るまでの、驚愕の出来事が記されていた。あまりにも奥の深い話に圧倒される吐月や九十九たち。その時玄造の屋敷に忍びこんだ何者かの急襲を受け……!?

キマイラ17 玄象変 夢枕獏

「キマイラ」をめぐる数奇な過去を語り終えた玄造は、キマイラ化した麗一が出没するという南アルプスの山中へと向かう。そこでは異能の格闘家・龍王院弘も、再起を図って獣の道を歩んでいるのだった……。

キマイラ18 鬼骨変 夢枕獏

久鬼玄造と九十九三蔵はキマイラ化してしまった久鬼麗一を元に戻すべく南アルプスの山麓で対峙する。一方、別の集団は、大鳳を手中におびきよせるべく、織部深雪を狙っていた……風雲急を告げる18巻!

キマイラ19 明王変 夢枕獏

「九十九よ、もう充分だ。その道にもどればよい……」。初めて語られるキマイラの歴史、真壁雲斎が伝える恐るべき伝承とは――。キマイラをめぐる血ぬられた歴史と伝説が明らかになる、奇想天外の第19巻!

キマイラ20 曼陀羅変 夢枕獏

九十九と久鬼が西城学園に入学した頃、校内は「もののかい」という空手部と関係があるらしい組織に支配されていた。夏休み、二人は空手部の合宿に遭遇。その様子は常軌を逸していた……。

角川文庫ベストセラー

キマイラ21
堕天使変
夢枕　獏

西城学園を支配していた「もののかい」のメンバーは、他人の血を欲するトランシルヴァニア症候群の"D"に感染していた――。そして物語は現在へ。ルシフェル教団に拉致された深雪の運命は!?

神々の山嶺《いただき》（上）（下）
夢枕　獏

天賦の才を持つ岩壁登攀者、羽生丈二。第一人者となった彼は、世界初、グランドジョラス冬期単独登攀に挑む。しかし登攀中に滑落、負傷。使えるものは右手と右足、そして――歯。羽生の決死の登攀が始まる。

エヴェレスト
神々の山嶺《いただき》
夢枕　獏

世界初のエヴェレスト登頂目前で姿を消した登山家のジョージ・マロリー。謎の鍵を握る古いカメラを入手した深町誠は、孤高の登山家・羽生丈二に出会う。山に賭ける男を描く山岳小説の金字塔が、合本版で登場。

ヒマラヤ漂流
『神々の山嶺』へ
夢枕　獏

2015年3月、夢枕獏と仲間たちは聖なる山々が連なるヒマラヤを訪れた。標高5000メートル超の過酷な世界で物語を紡ぎ、絵を描き、落語を弁じ、蕎麦を打つ。自ら撮影した風景と共に綴る写真&エッセイ。

呼ぶ山
夢枕獏山岳小説集
夢枕　獏

山を愛し、自らも山に登ってきた著者の作品群より、山の臨場感と霊気に満ちた作品を厳選し、表題作を併録。山の幻想的な話、奇妙な話、恐ろしい話など山のあらゆる側面を切り取った、著者初の山岳小説集！

角川文庫ベストセラー

ヤマンタカ　大菩薩峠血風録（上）（下）　夢枕獏

嘘つきアーニャの真っ赤な真実　米原万里

心臓に毛が生えている理由《わけ》　米原万里

米原万里ベストエッセイⅠ　米原万里

米原万里ベストエッセイⅡ　米原万里

時は幕末、御岳の社の奉納試合。「音無しの構え」で知られる剣客・机竜之助。甲源一刀流の師範・宇津木文之丞。そこに割って入る天然理心流の土方歳三。未完の大作『大菩薩峠』が夢枕獏によって甦る！

一九六〇年、プラハ。小学生のマリはソビエト学校で個性的な友だちに囲まれていた。三〇年後、激動の東欧で音信が途絶えた三人の親友を捜し当てたマリは――。第三三回大宅壮一ノンフィクション賞受賞作。

ロシア語通訳として活躍しながら考えたこと。在プラハ・ソビエト学校時代に得たもの。日本人のアイデンティティや愛国心――。言葉や文化への洞察を、ユーモアの効いた歯切れ良い文章で綴る最後のエッセイ。

抜群のユーモアと毒舌で愛された著者の多彩なエッセイから選りすぐる初のベスト集。ロシア語通訳時代の悲喜こもごもや下ネタで笑わせつつ、政治の堕落ぶりを一刀両断。読者を愉しませる天才・米原ワールド！

幼少期をプラハで過ごし、世界を飛び回った目で綴る痛快比較文化論、通訳時代の要人の裏話から家族や犬猫たちとの心温まるエピソード、そして病と闘う日々の記録――。皆に愛された米原万里の魅力が満載。